CHRONIQUE D'UN NOIR à LA DéRIVE

SUIVIE DE

KETTY DE SAINTE MARIE

ET DE

LE FERMENT

Chronique d'un Noir à la Dérive
© 2016, Michel N. Christophe.

ISBN-13: 978-0-9987045-1-7
ProficiencyPlus

« C'est une sensation très étrange pour un être jeune et sans expérience que de se sentir tout à fait seul dans le monde, emporté à la dérive, tous liens rompus, incertain d'atteindre le port vers lequel il fait route, empêché par de nombreux obstacles de revenir vers ce qu'il a quitté. Le charme de l'aventure adoucit cette sensation, la flamme de l'orgueil l'anime de sa chaleur, mais bientôt les sourdes pulsations de la peur y apportent leur trouble. »

Jane Eyre - Charlotte Brönte

CHRONIQUE D'UN NOIR
À LA DÉRIVE

Chemin
Marcher le long du jour
Ramper sur ces nuits infinies
L'étreinte sombre d'un délire
Psychotique me tient compagnie
Et en laisse, dans ce carrefour
De lucidité, qui me rétrécit
Les pupilles- je vois flou.
Le fil ténu de mon imaginaire
Encombré d'un étrange bestiaire
N'a cessé de tisser la toile
      Qui filtre les raclures de cette vérité-
  LA

      Armé d'un membre performeur/
perforateur
      J'ai creusé la terre meuble de mes
ancêtres
      Entre les cuisses offertes de ces filles
  d'Afrique
Jusqu'à sentir la dure rocaille
D'un rejet sans faille.

Issu du ventre trop fécond
D'une Histoire complaisante
Je suis un enfant de la déraison
Et des illusions
Pas assez aimé

Et à l'affection distante.

Jonction de deux mondes
Vous me condamniez à n'être
Que le maillon faible
D'une bataille séculaire
Entre dominants et dominés.

Si les chaînes d'une mère
Sont les plus ardues à briser
Tellement son étreinte nous est chère
Orphelin mais point bâtard
Je ne pourrai plus que parcourir
Vos chemins et non les embrasser
Ils ne seront jamais miens ;
Je serai DEMAIN.

J'ai pris la décision de partir pour l'Angleterre à un moment où l'idée de continuer à vivre en France m'était devenue insupportable. L'âge adulte avait amené la perte des illusions d'intégration et la réalisation de l'instrumentalité de l'épiderme en milieu professionnel. Le retard des mentalités étouffait mes espoirs de développement. Je désirais autant être une fin que juste un moyen, et n'avais plus confiance en la capacité du français à permettre l'expression de ma valeur.

Autour de moi, tout semblait confus et incertain. Mon seul havre de paix était l'appartement spacieux que ma mère avait acheté en banlieue parisienne pour nous protéger de l'arbitraire des agences de location. Les murs de cette forteresse nous protégeaient assez bien. Enfant, de façon intermittente et dans l'insouciance, j'avais habité ce grand pays froid. Je n'étais alors conscient que du contact de mon pied sur la moquette. De l'instant présent. Et la vie était belle. Adulte, ce pays, mien sur papier, offensait ma sensibilité. Il était habité par des êtres qui m'effarouchaient.

L'appartement de Créteil était le théâtre de tous les débats identitaires Tiers-Mondistes épuisés. Assis sur un bout de moquette, à reconstruire le monde, à refaire l'histoire, à crever l'abcès, et à nous perdre dans le passé. Au bout de la nuit, il ne restait que nos impuissances et nos rêves avortés. Aux petites heures du matin, las et repus de joutes oratoires, nous réalisions encore et encore notre grande fatuité. La honte nous engouffrait dans le sommeil. Alors même que nombre de nos connaissances souffraient de désespoir sous les tropiques, nous rêvions. Nous avions de la chance. Demain, nous le savions, le soleil allait briller encore !

Deux de mes cousins, Patrice, un ami martiniquais rencontré au lycée, et moi, vivions là, tranquilles. C'était notre espace de liberté, un havre de paix relative, un des seuls endroits dans ce pays inhospitalier où nos langues se déliaient sans crainte. Avec vue sur le lac de Créteil, Paris XII, et le palais de justice en arrière-plan, perchés au quatrième étage des Choux, une construction futuriste et utopique, dans un symbole de l'architecture française des années

1970, nous avions conscience de passer pour des quasis privilégiés. Nous étions tous étudiants, avions un toit que nul ne pouvait nous disputer, et des têtes pleines d'aspirations. À chaque affront, à chaque mensonge enseigné, nous faisions taire notre répulsion, et opposions une résistance des plus passives, au nom du diplôme. C'était un des prix à payer.

J'avais terminé une maîtrise avec mention. L'université n'était plus qu'un lieu de solitude. Je devais trouver un emploi et m'assumer pleinement. A leur tour, les jeunes frères et cousins venaient suivre des études, et s'armer d'une éducation. Tout me signalait qu'il fallait faire place. L'appartement de Créteil avait bien rétréci depuis que j'avais abdiqué ma chambre. Je dormais en plein salon sur un canapé inconfortable. Le piston me manquait. J'appréhendais l'avenir. Ma vie était un foutoir. Les options défaillaient.

Je passais le gros de mon temps au Centre Pompidou à étudier le marché de l'emploi, comment réussir un entretien d'embauche et à planifier le reste de ma vie. En rentrant un soir, au bas de l'immeuble une voisine m'accosta dans l'espoir d'échapper aux avances trop pressantes d'un soupirant béninois qui la harcelait. La bougresse galbée captivait tous les regards, même les plus réticents. Avec ses mamelles présentes et éveillées, la cambrure prononcée de son fessier rebondi, ses yeux intenses et gris et ses airs de mulâtresse, la chabine avait le pouvoir de confondre les idiots comme les plus intelligents parmi la gent masculine. Assurée de mon soutien, elle fit volte-face pour lui adresser la parole :

— Yvon, permettez-moi de vous présenter mon petit ami.

Le jeune homme balbutia quelques mots avant de prendre la fuite. Avec une fierté mal déguisée, jubilante, elle m'avisa ensuite que le trouillard lui avait déclaré :

« Je t'aime à cause de ta teinte claire ! »

Pour faire taire cette niaiserie, j'eus envie de prendre mes jambes à mon cou. Ces considérations épidermiques m'irritaient. À l'étage, ma vraie future petite amie attendait.

Vanessa, rencontrée à la fac, derrière un visage fermé et un orgueil mal placé, masquait maladroitement son affection pour moi. Sa volupté m'enivrait. Je voulais m'épancher en elle, la connaître intimement, et anéantir ses velléités de résistance. Notre amitié avait survécu la fin des classes. Maintenant, nous dînions ensemble. Je devais lui faire une proposition des plus sérieuses. Nous nous entendions bien, néanmoins je craignais qu'elle ne me fît encore une fois sentir le poids de sa superbe. Son charme et la poésie de ses formes m'effaraient. Elle était un bol d'air frais. Du beurre de karité sur une peau asséchée. Elle pouvait devenir ma délivrance, un phare dans ma pénombre. Nous nous étions rencontrés au cours de Monsieur Kodjo, un professeur mémorable qu'on ne pouvait ignorer tant il savait imprimer sa voix sur nos cerveaux. Son timbre, son accent, sa gravité, son volume et la force avec laquelle il nous contait l'Afrique nous remplissaient d'un frisson partagé.

***

Le petit restaurant brésilien, peu fréquenté le dimanche soir, coincé entre une friperie et un magasin de chaussures, offrait un décor intimiste parfaitement adéquat pour un dîner romantique. Quand j'y arrivais avec Vanessa, un groupe de quatre prenait congé. Dans un coin, à quelques mètres de la porte d'entrée, on devinait trois personnes, deux hommes et une femme. Seules leurs dents étaient visibles dans la pénombre. De la musique brésilienne jouait en sourdine.

— Vanessa, cet endroit te convient ?

— Oui, l'ambiance est bonne. C'est sympa. Tu penses à tout, toi !

— Tu m'inspires. Voilà tout.

J'anticipais chaque réaction. Je voulais courber l'échine de cette amazone, dompter son cœur et m'arroger sa passion. Avec une femme debout comme celle-ci, il me serait difficile de tomber. Après la première Caipirinha de la soirée, je me lançai :

— Je t'ai amené ici pour voir clair dans notre relation. Ça fait un an qu'on se connaît et tu sais à quel point tu m'intéresses.

— Dieudonné, tu connais ma position. Les histoires de cul ne m'intéressent pas. Pour le moment, je n'ai pas la tête à ça en tout cas. J'ai des choses importantes à régler.

— Non pas que je n'en veux pas, mais … qui te parle de cul ? Tout le monde sait que mon intérêt pour toi dépasse la chair.

— Et toutes ces filles qui te tournent autour alors ?

— Elle peuvent tourner. C'est toi que je veux. Je connais ta situation. J'aimerais que tu viennes vivre avec moi. Tu n'as pas vraiment d'endroit à toi.

— Mais toi non plus. Tu oublies ?

— Justement, c'est pour ça que je t'invite à partir vivre à Londres avec moi.

— À Londres ? Mais pour aller faire quoi là-bas ?

— Qu'est-ce qu'on fait de mieux ici ? Au moins, il y a du travail là-bas. Pendant que nous travaillons, nous pourrons améliorer notre anglais. Et puis, si ça ne te plaît plus, ce n'est pas bien loin.

— Tu fais comme si c'est dans la poche. Il ne te faut pas croire que c'est si facile avec moi.

— Facile ? Ça fait un an que tu me frustres. Dormir à côté de toi, c'est un calvaire. Pourquoi fais— tu semblant de ne pas m'aimer alors même que tu fais fuir toutes les filles qui s'intéressent à moi ?

— Je t'aime bien. Ce n'est pas la même chose. Et je ne fais fuir personne. Les filles en question sont connes comme leurs pieds. Tu devrais me dire merci.

— O.K. Je veux que tu viennes vivre à Londres avec moi. Rien que nous deux. Je veux que tu sois ma copine pour de bon. Tu es celle pour qui mon cœur vibre, même si tu es chiante.

— Donne-moi le temps d'y réfléchir, mais n'attends pas grand-chose.

Le serveur mit fin à la conversation.

— Madame, monsieur, vous avez choisi ?

***

Vanessa me comblait. Elle avait accepté ma proposition. Elle serait du voyage. Accompagnés de ma petite sœur Karyn, Vanessa et moi nous promenions sur les grands boulevards du côté de l'Odéon comme pour un dernier au revoir à Paris. Comme par enchantement, soudain, une stature modeste qui ne pouvait dissimuler l'identité du grand homme émergea et nous bloqua la route. Aimé Césaire, le poète martiniquais, l'homme de la Négritude, le fomenteur de troubles littéraires, en personne, était là devant nous. La veille, nous l'avions vu à la télé.

Je n'en croyais pas mes yeux et c'est avec peine, une fois le contact établi, que je lui rendis sa main. Il fallait qu'il le sût, dans ma tumultueuse adolescence, il m'avait aidé à définir ma sensibilité politique. Par simple politesse, sincérité, ou habitude, il se soucia de savoir qui nous étions.

— Oh ! De simples enfants de la Négritude, lui rétorqua Karyn.

— Trois mi-Africains, mi-Antillais, ajoutais-je.

— Tant qu'il y aura des Nègres, il y aura la Négritude. Répondit-il, jubilant.

J'exultais.

Karyn, de ses yeux scintillants, me dévisageait et, me lança, l'air moqueur :

— Pour fixer ce coup de main historique dans la mémoire universelle, maintenant, évite de te laver.

La taquine ! Elle pouvait jacter, ma sœur adorée. Mon bonheur restait sans limites. Vanessa dans tout cela n'avait rien dit. Elle demeurait paisible. Peut-être n'avait-elle rien lu de lui.

***

Londres était l'endroit en Europe où les Noirs avaient dressé la tête, fait sentir leur présence, et où le gouvernement avait pris des mesures concrètes pour promouvoir l'égalité des chances devant la loi. En Angleterre, les Noirs représentaient à peine 1% de la population. Pour quelques billets, je partais à la conquête de ma dignité, me trouver et donner un sens à ma vie.

Sans bagages excessifs, nous débarquâmes à la gare Victoria et prîmes un taxi pour une auberge de jeunesse située à High Street Kensington où nous devions passer quelques nuits avant de trouver une chambre à louer chez l'habitant. Au bout de deux jours, et après de multiples coups de téléphone, nous nous installâmes dans une bourgade des plus colorées de la banlieue de Londres, Brixton, la capitale du monde noir britannique. Une ville multiethnique de la banlieue Sud comprenant en tout et pour tout 24% de Noirs. Quelle aubaine !

Une petite dame du Ghana avait une chambre à louer à un prix raisonnable. Il ne s'agissait pas de chipoter. Il faisait encore doux. L'endroit n'avait pas de chauffage central, mais la propriétaire avait promis que d'ici à quelques semaines, ce problème serait réglé. Il n'y avait pas d'eau chaude non plus, mais cela aussi allait être réglé d'ici à quelques semaines. En attendant, il nous suffirait de faire bouillir de l'eau dans la cuisine et de la mélanger avec un peu d'eau froide pour une douche à la casserole le matin. L'aventure avait commencé.

« Pourquoi Vanessa avait-elle accepté de me suivre dans cette galère ? » Je me torturais. « Moi, Dieudonné, qui ne possédait ni BM rutilante, ni faciès de jeune premier, ni piston, et encore moins de compte en banque fourni. » Ça faisait mal d'y penser.

Je ne disposais comme atout que d'un immense désir de me faire une place au soleil, plein de rêves dans la tête, une confiance naïve dans ma capacité à conquérir le monde et de l'espoir à gogo. Elle était belle à craquer, élégante, et trahissait par ses manières et son goût une éducation bourgeoise. Peut-être connaissait-elle mon potentiel ? Après tout, j'avais été le meilleur de la classe. Oui, ça ne pouvait être que ça. Et en plus, on rigolait bien avec moi.

Au fin fond de mon esprit, je voyais bien que, sans destination précise, j'avais eu tort de l'embarquer dans ma galère. Je m'en voulais. Afro sans fric, je n'avais aucune idée de ce que me réservait le sort. Je n'avais que ma volonté. J'avais peur mais j'avançais quand même. Je défiais l'instabilité du sol en marchant d'un pas sûr. Au moins, je savais mettre un pied devant l'autre avec hardiesse.

Vanessa acceptait presque tout sans rechigner. Sa vie au cours de l'année précédente avait pris un mauvais tournant au point même de trouver refuge, à l'occasion, dans une cage d'escalier pour la nuit. Un an plus tôt, en France, sa mère avait fait une dépression. Son grand frère avait encore une fois achevé une cure de désintoxication. L'héroïne était sa drogue de prédilection. Sa petite sœur, mineure, était allée vivre au Togo chez son père cancéreux. Sa grande sœur était partie vivre avec son petit ami. Nous étions outre-manche pour une aventure moins pénible. Vanessa n'arrivait pas à parler de sa famille sans verser des larmes. Donc, nous n'en parlions pratiquement jamais.

Sa mère était née à Marie-Galante, une île de majesté amarrée entre la Grande— Terre et la Dominique, dans une famille de travailleurs de la canne. Elle avait profité du BUMIDOM pour partir en France. Elle travaillait comme aide— soignante le jour et suivait des cours du soir pour devenir infirmière. Son père togolais poursuivait des études en architecture quand ses parents se sont rencontrés à une soirée. Mariés près de 20 ans, ils avaient divorcé pour une histoire de fesses. C'est peut-être pour ça que Vanessa détestait les histoires de fesses.

Il était question que je travaille comme assistant de français dans une école privée de Wimbledon, une belle ville de la banlieue Sud de Londres. Un de mes professeurs m'avait arrangé ça. L'école était paroissiale, dirigée par des prêtres catholiques d'origine irlandaise. Vanessa trouva rapidement une place dans une boutique de prêt-à-porter à la mode d'Oxford Street. Sa prestance et ses belles manières aidant, elle n'eut aucun mal à persuader les employeurs de la prendre. Mannequin de fin de semaine, elle savait plaire.

Voilà déjà quatre semaines que nous habitions cette bâtisse victorienne et allumions un réchaud pour chasser la fraîcheur croissante du mois d'octobre. Finis les privilèges. L'odeur du gaz ne nous importunait même plus. Seule la douche à la casserole dans une salle de bain glaciale, au petit matin, nous dérangeait encore ; et puis, il y avait le compteur dans lequel il fallait sans cesse mettre des piécettes afin de disposer de l'électricité pour la chambre et du gaz pour la cuisinière. Même le téléphone du couloir opérait à base de piécettes. Chaque locataire avait un compteur semblable attenant à sa chambre. La maison comportait huit chambres. Nous logions au rez-de-chaussée, tout comme la proprio. Des couples et des personnes seules vivaient aux étages supérieurs. Tout le monde venait d'Afrique. Le Nigéria et la Sierra Léone étaient surreprésentés.

La propriétaire n'était pratiquement jamais là. Elle rentrait tard sur le coup de deux heures du matin, et quand la maison se réveillait vers sept heures, elle était souvent déjà partie. Il fallait lui glisser des petits mots sous la porte si l'on désirait la contacter. Ses yeux exprimaient une fatigue irrépressible. La souffrance se lisait sans lunettes sur son visage sillonné. À notre arrivée, elle nous avait demandé si nous étions Antillais ou Africains. Méfiants, nous avions répondu que nous étions Africains, ce à quoi elle avait répondu :

— Bien ! C'est tant mieux, Si vous aviez été Antillais, j'aurais certainement refusé de vous louer une chambre. Les Antillais refusent de louer aux Africains, ils disent que nous sommes trop malpropres. Et ils ont raison. Il faut bien qu'on loge quelque part, non ? Appelez-moi Tantie, mes enfants. Nous sommes une grande famille ! La maison n'est pas encore comme il faut. Je travaille dessus petit à petit. On en a vu d'autres, n'est-ce pas ?

Vivre à deux dans un espace restreint et dans des conditions déplaisantes commençait à affecter l'entente qui régnait jusqu'alors entre Vanessa et moi. Nous avions commencé à nous chamailler à propos de la lumière que je gardais trop tard pour lire, ce qui l'empêchait de dormir. Les promesses de 'Tantie' restaient suspendues en l'air alors que l'hiver approchait.

La plus lascive de nos voisines dérangeait tout le monde. Elle devait avoir au moins quatre amoureux. Ses rondeurs et sa sensualité justifiaient l'intérêt que ces hommes lui portaient. Chacun avait son jour de visite et possédait une clef de la maison et de sa chambre, mais il arrivait qu'un amant impatient arrive à l'improviste et en rencontre un autre, à n'importe quelle heure du jour ou de la nuit. Et les insultes, les cris, les coups de poings et même les plaintes des locataires fusaient de partout. Une nuit, vers deux heures trente, alors qu'elle venait de se mettre au lit, 'Tantie' entendit les éclats de rires de notre facile voisine à la croupe généreuse et décida qu'il était temps de remettre de l'ordre dans sa maison. Quelques minutes plus tard, les deux femmes s'invectivaient avec une hargne telle qu'on avait le sentiment de l'imminence d'une tragédie. Toute la maisonnée, portable en main, découchait pour assister à la scène. C'était décidé, nous allions quitter ces lieux dès que nos finances le permettraient.

Le lendemain soir, revenant de la salle de bain glaciale où elle venait de faire quelques ablutions, Vanessa m'avertit que quelqu'un était en train de nous chiper le gaz pour lequel nous avions pratiquement dépensé notre dernier sou. D'un bond, je me rendis dans la cuisine et attrapai le voleur. L'homme, un jeune Nigérien, tout confus, ne cessait de se perdre en excuses. Je lui intimai l'ordre de ne plus recommencer, il avait son propre compteur et son propre réchaud, il n'avait qu'à y mettre des pièces plutôt que d'exploiter notre misère déjà bien grande ! À ma grande surprise, il éclata d'un rire macaque et lança :

« Français ? » Mon accent m'avait trahi. Il attrapait ma main et la secouait si énergiquement qu'il bouscula mon humeur. Il s'appelait Hakeem.

Vanessa avait reçu un billet d'avion. Son père allait être hospitalisé en France pendant plusieurs semaines, et désirait la voir pour lui remettre un peu d'argent. Il avait fait le voyage de son Afrique natale. Elle devait partir à sa rencontre. En attendant, j'allais rester sans le sou, enfermé pendant trois jours dans une chambre à savourer ma salive. Au bout du deuxième jour, en plein après-midi, quelqu'un frappa à la porte. J'ouvris. C'était Hakeem. Il m'invita à monter dans sa chambre regarder un film vidéo. Il savait que nous n'avions pas de radio et encore moins de télévision. Jamais aucun bruit, autre que nos voix, n'émanait de notre chambre. De plus, il voulait briser la monotonie de sa vie et partager ce qu'il avait, comme pour se racheter. Il m'offrit un repas fait essentiellement d'épices. Alors que je déclinais, mon estomac grogna si fort qu'il couvrit ma voix presque complètement. Sans formalités, mon hôte poussa une assiette fragrante croulant de nourriture devant moi. Avant qu'il ne termine son plat, le mien était déjà propre. Nous ponctuâmes le film de paroles chaleureuses.

Hakeem brillait déjà de tous les feux de l'amitié. Ma doudou fut accueillie à son retour par deux bouches tout sourire, pleines de dents, auxquelles elle répondit par un regard étincelant de joie.

Le lendemain, Vanessa et moi, nous commençâmes à chercher un autre logement. Nous n'étions pas les seuls. Femme facile devait quitter sa chambre dans les heures à venir. Expulsée ! Cela ne chagrinait personne ! Un jeune homme de la Sierra Leone disputait la propriétaire dans le couloir. Sa femme enceinte, assise en haut des escaliers, regardait la scène passivement, les mains posées en dessous de son ventre rond.

— Y en a assez de vos « appelez-moi Tantie » ! Vous n'êtes pas ma tante. Ce n'est que du chantage. Ça fait déjà des mois que vous nous dites que le chauffage sera rétabli, en attendant ma femme doit respirer du gaz qui brûle ! Africains, oui on est Africains et vous n'allez pas vous servir de ça pour nous exploiter. Non, il n'est pas question que nous payions plus pour le loyer, c'est déjà trop cher ! D'ailleurs, nous allons partir dès que nous le pourrons, c'est-à-dire très bientôt.

À ce moment, je trouvai le courage d'informer la propriétaire que nous aussi, Vanessa et moi, allions bientôt partir. Elle commença une longue litanie sur le respect des anciens qui se perdait, et nous jura que les Nègres n'étaient pas reconnaissants.

— Dorénavant, je louerai aux Arabes !

Lewisham était situé dans le sud-est de Londres. C'était un endroit tranquille où il faisait bon vivre, une petite ville travailliste de 240,000 habitants dont 12% d'Antillais et 9% d'Africains. Nous partagerions dorénavant un grand appartement avec un jeune Mauricien récemment converti au catholicisme. Sa petite annonce avait stipulé qu'il cherchait des chrétiens pratiquants. Le loyer était abordable et nous étions prêts à jouer les dévots pour un logement décent.

Nous louions deux chambres :
Une petite meublée d'un lit à une place, d'une table, d'une chaise et d'une armoire, elle nous servait de bureau ; et une grande chambre à coucher avec un lit à deux places que Vanessa avait arrangé délicatement.

Le reste de l'appartement était bien équipé. La lumière du soleil l'inondait. Le charme principal de ce grand appartement était que notre colocataire y passait très peu de temps. Il travaillait sans cesse. Et quand il ne travaillait pas, il était soit à la messe, soit en visite chez sa famille nombreuse. Vanessa travaillait beaucoup elle aussi. Son salaire conjugué au mien rendait notre quotidien moins précaire. Être deux faisait toute la différence.

Le samedi soir, Hakeem venait rendre visite aux 'Frenchies.' Nous finissions la soirée souvent dans un pub ou un 'wine-bar' à la mode. Vanessa ne buvait pas. Elle se contentait de nous accompagner et de nous regarder engloutir des bières frappées, au rythme d'une musique déchaînée. Elle se levait pour danser au ravissement de tous. Elle créait des attroupements. Sur le coup de onze heures, il fallait déguerpir. Nous prenions alors congé d'Hakeem. Lui aussi, il avait déménagé. Il habitait désormais à Battersea, au sud de la Tamise, près du fleuve. Il devait prendre un bus, et à cette heure de la nuit, les bus se faisaient rares. La semaine suivante, il nous présenterait sa nouvelle copine. Vanessa se sentirait moins seule.

À part la masse enivrée qui se déversait dans la rue à la fermeture des pubs, la ville somnolait. Nous marchions sans hâte en direction de l'appartement. Vanessa s'appuyait sur mon épaule. Elle avait mal aux pieds. Compatissant, je feignis de la soulever pour la transporter ; trop fatigué moi-même pour compléter le geste, elle me sourit comme soulagée, l'air de se dire : « Vraiment, non. Je pèse trop. » Nous éclatâmes d'un rire complice.

Une fois son souffle repris, elle me lança :

— Dieudonné. Qu'attends-tu de la vie ?

La question me prit au dépourvu, mais j'y avais maintes fois pensé.

— J'aimerai devenir professeur en fac.

— Pourquoi prof ? Tu n'en as pas marre des études ?

— Quand j'étais petit, ma mère n'arrêtait pas de dire que je n'arriverai à rien dans la vie. Que j'étais insignifiant. Elle pensait même que j'allais rater mon bac. Donc, pour lui clouer le bec, je me suis forcé à travailler.

— Elle avait tort. Je comprends bien, mais ça y est maintenant, tu as fait tes preuves !

— Oui, mais en même temps, je ne connais rien d'autre, et je me dis que prof, c'est pas si mal. J'étais tellement déterminé à lui rabattre le caquet que je n'ai rien calculé d'autre. Et toi ? Qu'attends-tu de la vie ?

— Je veux mon propre studio de danse et faire carrière dans le show business.

Estomaqué, j'ouvris la bouche pour rire de bon cœur, car rien ne m'avait préparé à entendre ça. Hâtivement, Vanessa riva ses lèvres sur les miennes comme pour me faire taire.

La copine d'Hakeem n'était pas vilaine du tout. Son intelligence la rendait séduisante. Vanessa se lia d'amitié avec elle. Moi, je gardais mes distances. Les hommes sont faibles. Je ne pus néanmoins supprimer un serrement de cœur quand, m'ayant pris à part, Hakeem me dit :

— Je ne veux pas aller trop loin avec elle. Elle, c'est plutôt le genre qu'on épouse. J'ai trop peur de ça. Tôt ou tard, il me faudra le lui faire comprendre !

Cette révélation m'attrista, car cette fille était bien. Hakeem ne serait qu'une courte étape infructueuse dans sa vie. Sa goujaterie me renvoyait la mienne en pleine face. Je le jugeais mal. J'étais sûr d'aimer le plaisir que Vanessa me donnait parfois. Je n'avais plus le courage de voir plus loin. J'avais peur, moi aussi. Peur de perdre ce que j'avais avec elle en parlant trop fort d'amour. D'abord, je devais me construire au plus vite.

J'avais été attiré par la superbe de Vanessa. Elle était forte, inapprivoisable, hautaine et droite, tout ce qu'elle disait que j'étais. Elle me revigorait. J'étais parti en Angleterre dans l'espoir de retrouver un peu de cette fierté que je pensais également posséder. Je n'y avais trouvé que des souffre-douleurs luttant eux aussi pour un petit espace vital. Je cherchais hors de moi ce qu'elle semblait cultiver intérieurement : l'estime de soi. Existait-il un abri sûr contre le sentiment d'inadéquation qui menaçait mon évolution ?

Toute ma vie, j'avais fui, préféré ne pas appartenir. L'appartenance me privait de ma liberté fondamentale, et m'imposait une responsabilité trop grande envers l'autre. Ma famille m'avait présenté le nationalisme comme un palliatif. Grand, je me sentais petit. J'avais préféré opter pour les plaisirs faciles de la chair avec une femme que je désirais par-dessus tout autre. J'endurais ma connerie.

Il faisait froid. Le temps était lugubre. Je voulais à tout prix sortir, me changer les idées, échapper à la prison de mes ruminations. Vanessa, allongée sur le lit, lisait et leva à peine les yeux quand j'entrai dans la chambre. Hakeem nous avait beaucoup parlé d'un film américain.

Il y avait une séance à neuf heures et elle acceptait d'y aller. Streatham était loin, mais ça n'avait aucune importance. Nous étions contents de faire un truc ensemble.

Du premier étage du grand autobus rouge, nous contemplions en silence une fourmilière humaine : Noirs, Blancs, pauvres, riches, Indiens, ventrus, saris, boubous, punks, rastas, hommes et femmes d'affaires défilaient à toute vitesse. Nous étions loin du centre de Londres où les cigares et les manteaux de fourrure étalaient une aisance aristocratique. Les gens se bousculaient dans la rue.

Le film nous plut. Il était tard. Il nous fallait maintenant rentrer. Le long d'une avenue démesurée, nous faisions de grandes enjambées en direction de la maison. Dans un élan de tendresse, Vanessa me prit la main. La route à quatre voies que notre trottoir bordait était presque déserte. Quelques cinéphiles se dirigeaient comme nous vers un arrêt de bus. Puis, un cri strident fracassa la nuit. Derrière nous, une dame d'une cinquantaine d'années s'agitait bruyamment pour nous signaler, paniquée, un danger imminent. Je me retournai et, pris d'effroi, subitement je plongeais vers le sol, tirant Vanessa avec moi. De l'autre côté de la rue, un long fusil pointé sur nous venait d'exploser et criblait déjà de balles le mur au pied duquel nous avions trouvé refuge. L'agresseur et son complice prenaient la fuite.

Je désirai en faire autant, sans demander mon reste, mais Vanessa avait bondi à leur poursuite. Les témoins s'éparpillaient. Tant bien que mal, je réussis à la rattraper. Avait-elle perdu la tête ? Ils avaient un fusil ! Comptait-elle les punir à mains nues ? Je m'efforçais de la serrer contre moi pour la calmer. Nous nous précipitâmes vers le commissariat du quartier. Nonchalant, un gardien de la paix nous fit asseoir pendant plus d'un quart d'heure avant d'accepter de nous entendre. Il prit des notes et nous avisa que le siège du National Front se trouvait à Streatham, juste en face du lieu du délit imputé. Il insinuait que nous n'avions rien à faire dans ce quartier à pareille heure. Peu troublés par cette information, nous prîmes congé de ce flic crapuleux, plus soucieux de garder la paix de sa petite planque nocturne. L'agresseur m'avait dérobé ma virginité, et l'agent avait achevé le viol. Il était vrai que nous avions été les seuls Noirs dans cette rue. Décidément, le regard de l'autre nous déniait le plus simple des plaisirs. Le regard de l'autre faisait de moi une victime de sa sclérose. Il cherchait à m'emprisonner dans sa peur.

La bière et le cidre ajoutaient un peu de légèreté à une existence passablement supportable. Vidia avait l'église, et elle semblait le contenter. C'était probablement mieux ainsi, qu'il soit pratiquant ! Communiquer, quelle contrainte ! Vanessa semblait soucieuse. Elle désirait savoir ce qui se passait dans ma tête. Il ne s'y passait rien. Enfin ! J'éprouvais simplement une grande lassitude ! J'avais peur de ce rejet permanent, et cette peur commençait à ressembler à de la rage. Cette vie me faisait une place insignifiante. Elle m'interdisait, dans ma personne, tout sentiment de sécurité. Ambitions contrariées par la réalité de mon indigence. Je crachais sur le monde qu'on m'imposait, et il me le rendait bien !

***

Ma famille, toute petite, se mourait. L'absence des enfants et des hommes en nombre suffisant la tuait. Ce qu'il en subsistait ? Des femmes désabusées dont le seul espoir était les quelques enfants qu'elles livraient au monde avec pour seule protection leurs bonnes manières. Combat inégal. Armes inadaptées. Désarroi grandissant, nous semblions condamnés à répéter les comportements désespérés de nos pères.

Une semaine avant de quitter Paris, j'avais tenu à présenter Vanessa au seul membre adulte de ma famille encore dans l'Hexagone. Cousin Marcel, le cousin de ma grand-mère, exsudait la France. Il n'était point indépendantiste celui-là. Il était sympa mais pédant. Professeur de latin et de grec dans un séminaire, il avait quitté la Guadeloupe en bateau, encore très jeune, pour devenir le prêtre qu'il se croyait être dans l'âme. A son grand regret, il ne put réaliser ce rêve. Son père ne l'avait pas reconnu.

Nous avions d'abord bu le thé de coutume chez lui avec des petits biscuits secs. Il s'était enquis des origines de mademoiselle. Professait avoir visité Marie-Galante ainsi que le Togo. Faisait des boniments, la félicita de ses bonnes manières, de sa beauté et de son français impeccable. Nous parlions de mes projets maintenant que ma scolarité était pratiquement achevée. Lorsque je lui annonçai mon intention de partir vivre en couple avec la présente, sa réaction fut indélicate. Il s'exclama :

— Non ! Pas comme ta mère. Pas ça encore !

L'homme de raffinement n'eut guère le temps de polir son exposé. Le ton était donné. Après un long silence maladroit, il était temps de se confondre en excuses et de se soustraire à sa désapprobation.

L'incident me remit en mémoire un récit de mon enfance entendu fortuitement, sans que l'on se doutât de ma présence. Si je m'en rappelle bien, ce vieux monsieur distingué s'était lié d'amitié avec un étudiant africain du Cameroun qui, à l'époque, pour financer ses études de droit, travaillait dans un magasin d'alimentation aux Halles. Celui-ci avait pris l'habitude de le raccompagner, ses achats pesants une fois faits. Mon père se prénommait Napoléon. Le vieux Français en peau de nègre et lui discutaillaient et se chamaillaient allègrement, parfois jusqu'à tard la nuit. Tous deux étaient sans attache conjugale dans ce Paris cocasse des années soixante. Cousin Marcel lui servait de mentor.

Inès ma mère, elle aussi à Paris, faisait des études de médecine que sa sœur finançait. Elle n'était point seule là-bas. Son frère Gaétan, plus jeune qu'elle, poursuivait aussi des études. Ils n'habitaient pas ensemble. Inès logeait chez les sœurs en pension alors que Gaétan louait une chambre chez l'habitant. En fin de semaine, il leur arrivait de se rendre, seul ou ensemble, en visite de courtoisie chez leur grand cousin maternel. Un jour, elle y fit la connaissance d'un dadais qui, troublé par sa beauté, se couvrait de ridicule à force de gaucheries pour capter son attention.

Il fallut un an pour que Napoléon arrivât à ses fins avec Inès. Elle succomba davantage à l'attrait que l'Afrique exerçait sur elle au travers de la littérature de la Négritude et les récits qu'on lui avait rapportés. L'Afrique représentait l'interdit, et l'interdit excite toujours davantage. Même si Napoléon l'effrayait tant il tendait de toute sa curiosité vers un Occident qu'elle incarnait à perfection, elle pensait qu'il saurait lui révéler les secrets de cette Afrique qu'elle idéalisait. Il aurait pu jouer de sa crédulité et la mystifier davantage, mais il se montra tel qu'il était, prêt à prostituer son âme, l'esprit béant devant les merveilles de l'Europe. Il était conquis dans sa foi et son imaginaire.

Quand il fut établi qu'il s'agissait bien d'une grossesse et non d'une fausse alerte, pour neutraliser les mauvaises langues, il fallut rapidement faire les préparatifs du mariage. L'honneur devait rester sauf. Napoléon jubilait, sa conquête de la France était assurée. Elle était son visa et son espoir d'une vie meilleure. Une Noire qui causait blanc. Il paradait sa Vénus d'un bras ferme. Il savait qu'elle n'était pas gaga de lui, qu'elle n'avait cédé qu'au bout d'un an, pour une raison qui lui échappait, mais il s'en moquait. Avec le temps, elle finirait par l'adorer.

En privé, aux Antilles, les parents d'Inès rageaient. En public, ils faisaient mine d'être heureux et organisaient une réception à l'occasion du mariage à Paris de leur deuxième fille. Un Africain, on savait qu'elle était fofolle, mais pas à ce point-là ! Quelques quatre mois après les noces, sans avertissement, Inès débarquait avec un ventre plus gros que sa tête.

Avec son frère comme complice, elle avait fui son mari, profitant de son absence pour arriver à l'aéroport. Elle n'avait pu s'entendre avec la famille trop envahissante de cet homme communautaire. Elle n'avait pu rester à sa place, d'ailleurs elle ne savait pas de quelle place on parlait, et ce que cela pouvait bien vouloir dire, car chez elle les femmes désignaient leurs propres places, et leurs paroles comptaient. Elle avait en quelques mois trop souffert des rebuffades d'un homme qui la voulait emblématique, alors qu'elle n'aspirait qu'à l'authenticité de l'Afrique retrouvée.

En quittant son mari, Inès avait conquis une liberté fondamentale qu'elle n'avait jamais connue, et ne pouvait plus dépendre du soutien d'une famille qu'elle avait par deux fois insultée : d'abord, en épousant un Africain, puis, en divorçant de lui. Deux tabous des années soixante. Mère seule à vingt-trois ans, ni sa mère, ni son père, ni son mari, personne ne lui dicterait sa conduite. En dépit de tout, elle ne se sentait guère responsable du divorce de ses propres parents. Sur ordre de sa grand-mère, ils avaient entamé la procédure de divorce le jour où le membre perpétuellement fébrile de son père se révéla être un bien public.

Une fois mes cours terminés, pendant quarante-cinq minutes, il me fallait attendre un bus qui m'amènerait à la station de métro de Wimbledon ; attendre le métro et ensuite faire une heure de route pour arriver à la maison. Il me fallait bien deux heures pour rentrer. Donc quand une élève bienveillante offrit de me déposer à la station, j'acceptai. Quand elle m'apercevait à l'abri, elle offrait systématiquement de m'emmener. J'étais reconnaissant bien qu'un peu mal à l'aise. Après plusieurs mois, un jour, au lieu de se rendre directement à la station, elle bifurqua.

— Je voudrais vous parler. Ça vous dérange qu'on s'arrête au parc une minute ?
— Une minute ? Non, pas de problème.
Que pouvait-elle bien avoir à me dire qu'elle n'aurait pu me dire en classe ? Nous sortîmes de la voiture pour trouver un banc dans le parc vide. Timide et pâle, elle me rendait nerveux. Elle balbutia quelques mots :
— Je vous aime, et je veux sortir avec vous.
Ma mâchoire tomba. Mes oreilles surchauffaient. Pâteuse, ma langue refusait de

bouger, mais je parvins quand même à expulser un faible :

— Ce n'est pas possible. Je suis flatté, mais tu es trop jeune ... et j'ai une copine.

— Mais je suis presque majeure. J'aurai bientôt dix-huit ans. Bientôt dix-huit ans. Et votre copine ne saura jamais rien. »

Intimidé, pour seule stratégie, je m'évertuais à répéter la même phrase :

— Je suis flatté, mais tu es trop jeune. Et j'ai déjà une copine.

La tête baissée, nous regagnâmes la voiture. Dans le silence, elle me déposa à la gare.

Les semaines qui suivirent furent un vrai calvaire. La jeune fille menait une opération de sabotage et fomentait tant de troubles dans ma classe que je dus la confronter. Elle me lança un ultimatum : « Soit vous sortez avec moi en cachette, soit je dis à tout le monde que vous êtes mon petit ami. » Je me sentais seul et vulnérable. Qui croirait que je n'y étais pour rien ! Je m'engouffrais dans la contrariété. J'avais peur tout le temps et avais perdu le contrôle d'une bonne classe. Un vendredi, alors que j'allais prendre mon bus, un groupe de jeunes m'interpella. Parmi eux, un garçon me scrutait avec hargne. Il me fallait prendre une décision. Cette situation ne pouvait plus durer.

Cela allait faire bientôt trois semaines que Vanessa ne m'adressait plus la parole. Je ne travaillais plus. Malgré mes nombreux appels téléphoniques, mes nombreuses démarches auprès des employeurs, mes nombreuses lettres de candidature, rien n'y faisait. Chaque jour, mes poches se vidaient un peu plus. Je soupçonnais Vanessa de rentrer plus tard que d'habitude, délibérément, de façon à m'éviter. Je dormais dorénavant dans la petite chambre. Le dimanche, je savais qu'elle s'efforçait de faire la grasse matinée afin de ne pas avoir à faire face à ma mine déconfite. Quand Vidia revenait de la messe, elle était déjà encline à lui faire la causette. Ils parlaient tous deux de petits riens à voix haute, bien sûr !

Vivre sans pouvoir oublier. Naissance irrecevable. Identité troublée. J'aimerais jouir. Jouir, seul remède. Oublier pour pouvoir enfin vivre. Torture pensée ! Une vie mal commencée peut bien finir quand même. Mais, entre-temps, jouir. Seul était mon désir. Tendre vers son vouloir. Le meilleur moyen d'oublier ? Pourquoi lui avais-je raconté l'incident à l'école ?

Hakeem venait me rendre visite assez souvent maintenant, même en semaine. Il m'aidait financièrement sans m'offenser. Je lui donnais des cours de français. Il ne perdait plus son temps à saluer Vanessa. Ces deux-là ne s'aimaient plus tellement. À l'occasion de sa rupture avec sa petite amie, Vanessa l'avait traité de nègre typique et bête. S'il avait été à ma place, il y a longtemps qu'il lui aurait cassé la gueule. Ces deux-là s'évitaient comme la peste. Le petit argent d'Hakeem me permettait de poursuivre ma recherche d'emploi, mais surtout de m'acheter la bière et le cidre qui m'accompagnaient dans ma descente aux enfers.

Au bout de deux mois, le sperme vicié et le moral à zéro, je restais souvent affalé devant l'écran de la petite télé que nous avions achetée après notre emménagement. Vidia et Vanessa allaient et venaient, jetant sur moi un œil réprobateur. J'avais envie de les agresser ! Seul un peu d'argent me remonterait le moral.

Hakeem commençait à considérer sérieusement un éventuel retour à l'école. Il avait décidé de faire une demande de bourse. Il dévorait les quelques livres que j'avais et nous en discutions longuement. Une transformation lente mais certaine s'opérait en lui... Il m'invitait parfois aux surprises-parties ou aux fêtes d'anniversaire qu'organisaient ses amis. Je rencontrais du monde et élargissais mon cercle de connaissances.

Vanessa, elle, avait toute une ribambelle d'amies rencontrées au travail ou dans la rue. Les invitations fusaient sans que je ne fusse jamais de la partie.

Un soir, alors que je grimpais les marches de l'escalier qui conduisait à l'étage où nous vivions, j'entendis des pas rapides s'éloigner de la petite chambre. Je redoublai d'efforts pour arriver devant une porte où se trouvait un large poster orné d'une monstrueuse tête de chimpanzé. Quelqu'un avait signé mon nom au bas de ce chef-d'œuvre. Je me précipitai dans la grande chambre où je trouvais une Vanessa aux prises avec un fou rire irrépressible. Pour la première fois, depuis plusieurs semaines, je l'embrassai sans qu'elle ne m'opposât aucune résistance.

Le lendemain, je l'attendais. Le riz était presque brûlé, mais la sauce et la viande étaient savoureuses à point. Quand Vanessa rentra, je la reçus à bras ouverts. Réticente, elle avançait dans la pièce que je lui indiquais. Surprise par ce repas en son honneur, elle l'accepta et s'assit en face de moi.

Je voulais tout savoir d'elle ; sa vérité fondamentale ; tout ça pour avoir le courage de l'aimer comme elle le méritait. Je reçus de plein fouet le venin réprimé. Elle avait tant désiré faire corps avec les Antilles, embrasser de tout son être cette partie d'elle-même qui lui était rebelle que, lasse d'aimer, elle avait commencé à haïr.

Nos relations s'étaient améliorées. Nous passions de longues heures à discuter de choses et d'autres ; il nous arrivait même de rire ensemble. Nous mangions ensemble, dormions dans le même lit, lisions les mêmes romans, regardions les mêmes programmes à la télé ; bref, nous réapprenions à nous apprécier, conscients de l'acuité avec laquelle nous avions besoin l'un de l'autre. Pour la première fois, j'avais l'impression de vraiment la comprendre. J'écoutais sans jugement.

Je rencontrai dans le métro, à London Bridge, une dame du Guyana. La cinquantaine bien frappée, élégante et sérieuse, assise en face de moi, elle était occupée à lire un manuel de français. Curieux et désireux d'obtenir quelque information utile, j'osai la tirer de sa réflexion. Très gentille, elle m'encouragea à poser ma candidature un peu partout dans les écoles publiques de la banlieue sud. Elles avaient grand besoin de minorités. C'était le grand truc du moment, il fallait si possible employer des Noirs et des Indiens. Elle connaissait les bonnes personnes. J'étais content d'être un bouche-trou, car il me serait plus facile de tromper la faim.

Après plusieurs coups de téléphone, je réussis à décrocher un poste d'enseignant dans une école publique de la banlieue Sud-est de Londres. Quatre classes avaient été laissées sans professeur. L'école avait eu du mal à retenir les quatre enseignants qui s'étaient succédé en l'espace de trois mois. Aucun d'entre eux n'avait voulu, ou pu, faire face à ces enfants défavorisés sans livres pour étudier. Ces enfants blancs, jaunes, noirs et rouges, habitants de la zone, effrayaient ces messieurs et ces dames comme il faut qui ne voyaient pas pourquoi la dure tâche de former des esprits qu'ils jugeaient irrécupérables, rebelles à tout apprentissage, devait leur incomber. Rien ne les avait préparés à affronter cette plèbe urbaine, surtout pas leur entourage bien-pensant et sécurisant. Après une poignée de main ferme, le directeur m'assura que, juste après Noël, il me serait possible de commencer à travailler, mais il me prendrait d'abord à l'essai pendant trois mois, « et ensuite, on verra bien ! »

J'étais au comble de la joie. Mon premier vrai emploi et cette fois pour plus que le salaire minimum. Il me fallait toutefois trouver un job pour tenir le coup pendant les trois semaines qui me séparaient de la rentrée après les vacances de Noël. C'est dans la petite boutique tenue par deux compères jamaïquains où j'allais chercher mon jus de gingembre quotidien que j'entendis parler d'un entrepreneur jamaïquain en quête de quelques bras pour l'aider à rénover un taudis qu'il avait acheté aux enchères pour une bouchée de pain. Je posai des questions et finis par prendre rendez-vous pour le lendemain matin avec cet homme. A huit heures précises, une camionnette vint me récupérer juste devant la boutique.

Il était question que je travaille pendant deux semaines. Le salaire ne devait être que de 100 livres par semaine, pas beaucoup, mais ça en valait la peine. D'après les quelques enveloppes timbrées, jaunies, jonchées encore sur le sol crasseux, la maison avait été abandonnée à la fin des années cinquante. Je cassais des murs, décollais du papier peint, aidais à installer des faux plafonds, posais le carrelage, refaisais le plancher, arrachais les herbes folles du jardin. Je n'avais jamais fait tout cela auparavant, mais la nécessité m'obligeait à vanter une expertise que je n'avais pas.

Les voisins du patron semblaient très heureux, quelqu'un avait finalement daigné les débarrasser du spectacle peu aguichant d'une maison abandonnée qui abaissait le cachet de leur propre investissement. Pendant deux semaines de labeur, j'endurais la poussière, me battais contre des chauves-souris, supportais les railleries de collègues manœuvres qui ne manquaient pas d'inventer des blagues pitoyables sur mes mains de gratteur de papier.

J'étais sale la plupart du temps, mais c'est le regard des voisins qui me souillait le plus. Après coup, leur mépris m'importait peu. Il ne me restait plus que quelques jours encore sur ce chantier. Mon corps me faisait mal partout, mais mon âme était satisfaite. J'avais appris à bricoler et avais trouvé un antidote au désespoir : l'action.

Je travaillais avec des hommes qui, n'ayant jamais été au lycée, n'avaient connu que le travail manuel. Ils avaient des réactions spontanées, des théories intéressantes sur tout. Une méfiance de tous ceux qui aimaient la lecture, en particulier quand ceux-ci étaient noirs. Je gardais la bouche close, mais riais beaucoup. Je m'engouffrais dans le travail avec entrain. Le meilleur moyen de supporter les tâches ingrates était de s'y mettre corps et âme et d'annihiler toutes pensées, de remplir sa tête d'un grand vide. À la fin de la deuxième semaine, je reçus mes 200 livres sterling. Je m'achetai un vélo pour aller au travail et faire de l'exercice. Exactement ce qu'il me fallait ! Plus d'action.

L'école avait toute l'austérité des établissements victoriens. Elle m'effrayait. Ses longs couloirs droits et mal éclairés, ses murs décorés de photos de personnages froids et sévères me signalaient qu'ici la gravité était de rigueur. Aucun étudiant ne traînait dans les couloirs. Le silence était si religieux que le bruit de mes pas sur le parquet semblait déranger l'ordre. Doucement, je pénétrai dans la salle des professeurs. Une grande salle profonde.

Le désordre des couleurs m'agressa tout de suite, le vacarme des voix, les mains qui se tendaient. Des centaines de mains m'assaillaient de toutes parts. On me fit asseoir, on m'offrit du thé, on me présentait, on m'entretenait de mille et une choses à la fois. Mes yeux dansaient dans un vertige de sollicitations. J'avais chaud, j'avais froid, j'en perdais mon anglais, mais qu'il était bon d'être là ! Ma présence avait été souhaitée. J'étais l'homme providentiel. Combien ma présence avait été attendue. Pour une fois ! Génération après génération, de jeunes prolétaires avaient été transformés en petits bourgeois arrogants dans cet établissement. En dépit du manque de moyens, tout le monde, ou presque, dans ce quartier pauvre, aspirait à envoyer ses enfants à Addey and Wood. « Eux au moins, ils sont exigeants avec les enfants, » disaient certains parents. Et, ils n'avaient pas tort !

Le directeur parlait un anglais bon chic bon genre, trahi à l'occasion par des intonations cockneys. Il tenait à renforcer une discipline de fer. Seulement de cette façon, pensait-il, pourrait-on garantir la réussite des élèves. Les professeurs qualifiés fuyaient une profession dont le Gouvernement revoyait le financement à la baisse. L'enseignement restait un secteur imprudemment dévalorisé.

Un matin, pénétrant dans ma salle de classe, je fus surpris du calme et du sérieux de ces élèves normalement étourdis et agités. Sages comme des images, ils attendaient mes instructions. Je réprimai un petit sourire de satisfaction. Quelque chose ne tournait pas rond. D'habitude, il me fallait au moins cinq minutes pour instaurer le calme. J'avançai perplexe vers mon bureau, tirai la chaise et m'apprêtai à m'y asseoir quand, subitement, un vacarme de rires me fit sursauter. Je savais bien que quelque chose clochait : étalés sur ma chaise, deux longs morceaux d'excréments humains m'insultaient. Plus choqué que furieux, j'entrepris de déplacer cette chaise souillée tandis qu'une élève, plein d'entrain, se saisissait d'une main ferme du caca. Elle l'agitait devant ses camarades pris d'un fou rire renouvelé. J'étais horrifié. Il s'agissait d'imitations en plastique achetées dans un magasin de farces et attrapes. Soit, je cherchais le coupable et le punissais dûment, soit, j'ignorais un incident qui m'aurait accablé d'un travail administratif supplémentaire. Je décidai de rire avec les élèves.

Un autre jour, cheminant vers la salle des profs, j'aperçus, assis sur un banc dans la cour de récréation, six filles noires, dont une de mes élèves. Elles avaient les yeux rouges et bouffis. Une en particulier sanglotait avec une frénésie contagieuse. Je m'approchai d'elle pour découvrir ce qui se passait. Elle me congédia d'un geste de la main. Il n'y avait rien que je pus faire. Je ne devais pas connaître la cause de leur douleur. Plus tard, dans la salle des profs, un chef de département, visiblement préoccupé, m'enjoignait de laisser une jeune fille blanche quitter mon prochain cours vingt minutes avant la sonnerie. Il ne m'expliqua pas pourquoi, et cela aiguisa ma curiosité.

J'arrivai en avance dans ma salle. Je savais que Rachel, l'élève qui pleurait dans la cour, arrivait toujours tôt pour retenir une bonne place. Elle ne tarda pas. Et là, avant que ses camarades n'arrivassent, je m'empressais de la cribler de questions. Il s'avéra que ses copines et elle avaient essayé de réconforter une de leurs amies qui venait d'apprendre la mort de son jeune frère sur un terrain de football. Apparemment, toute l'école l'avait connu. Il avait été très populaire avec les filles. Il apparut que l'étudiante blanche que l'on m'avait demandé, avec insistance, de libérer vingt minutes avant la fin du cours avait déclaré aux six filles affligées, « Ça fait un Nègre de moins. » avant de prendre la fuite. Les six filles avaient juré de lui faire la peau.

C'était donc pour cela que l'on m'avait demandé de la laisser partir plus tôt. Cette fille était un monstre et je n'avais qu'une envie, lui faire la peau moi-même... Pendant tout le cours, je m'évertuais à l'ignorer. Quand il fut temps pour elle de partir, je prétendis ne pas voir sa main nerveusement levée. Finalement, gagnée par la panique, elle se précipita vers la porte et disparut sans attendre ma permission.

Le lendemain soir, la rencontre avec les parents d'élèves commença à cinq heures précises. Plus que deux heures, et à moi la liberté. Des deux côtés de la grande salle, des tables avaient été installées. Sur chacune d'elles figurait le nom du professeur censé s'y trouver. Mes carnets de notes ouverts à plat devant moi, je contemplais la douzaine de chaises soigneusement placées en face de ma table. Les parents y étaient supposés attendre leur tour pour me parler. Personne pour le moment ne semblait avoir besoin de moi.

Les professeurs de maths et d'anglais étaient littéralement pris d'assaut. Je constatais que les parents indiens, asiatiques en général, s'étaient donnés la peine de se déplacer en masse. Quelques parents blancs aussi en avaient fait autant. Les parents noirs étaient rares. Proportionnellement au nombre d'élèves noirs qui fréquentaient cet établissement, ils étaient sous-représentés. Ne se préoccupaient-ils pas de l'éducation de leurs enfants ? Ne comprenaient-ils pas l'importance de ce genre de rencontre ?

Ou étaient-ils tout simplement retenus au travail ?

Une dame du Nigéria apparut et dissipa ces pensées de mon esprit. Son fils l'accompagnait. Je n'avais que des louanges pour lui. Elle les élevait, lui et son frère, toute seule. Elle était heureuse d'entendre que l'adolescent qu'elle m'envoyait chaque matin me donnait entière satisfaction. C'est le sourire aux lèvres et des mercis plein la bouche qu'ils passèrent à la table suivante. Les parents se succédèrent ; des Irlandais, des Écossais, des Cypriotes, des Pakistanais, des Indiens, des Rastas, des Cockneys...

Le Londres laborieux défilait à ma table et ne cessait de se confondre en remerciements ou en promesses de soutien dans la discipline de leurs enfants. Les petites se cachaient dans l'attente d'une réprimande méritée mais gracieusement évitée grâce au professeur sympathique avec qui il ne faudrait pas oublier de bien se comporter en classe.

Une femme élégante arriva en trombe manquant de renverser une petite vieille timide qui attendait son tour. Cette femme, visiblement imbue de sa personne, me donna dans le « Jeune homme, allez me chercher Monsieur Toupatou ! »

N'était-ce pas évident que j'étais assis juste en face de mon nom, tout comme les autres enseignants ? Je me contrôlais. J'avais envie de lui danser la gigue ou la biguine, et de l'asperger de Oui-Bwana, Oui-Bwana...

Au lieu de tout cela, je lui montrai calmement mon écriteau et lui priai d'attendre son tour comme tout le monde. Il ne faisait aucun doute de qui elle était la mère. Elle tentait à grand-peine de ravaler son dégoût, et laissa passer sans cérémonie cette chère petite vieille timide. Aucune école ne m'avait préparé à ça !

Au marché, les étals bien fournis se succédaient et proposaient à notre convoitise des produits délicieux. Des marchands joufflus et rigolards menaient rondement leurs affaires. Leurs clients fourmillaient de partout. On était obligé de déborder sur la route, tant il était impossible de circuler sur le trottoir sans heurter quelqu'un. Les vendeurs de journaux proposaient à la criée des Evening Standard dont personne ne voulait. Un monde fou s'arrachait les derniers stocks de telle ou telle marchande qui le gratifiait immédiatement d'un sourire mièvre et d'un « tha » retentissant.

L'Armée du Salut, présente au grand complet, nous assourdissait les oreilles. Des enfants ici et là me saluaient en me pointant du doigt à leurs mamans. « C'est monsieur Toupatou, mon professeur de français ! »

Des clochards, égayés par toute cette activité, quémandaient des piécettes. Vanessa marchait gracieusement à côté de son mec. La vie était belle, finalement. L'argent, sans pousser sur les arbres, suffisait.

En très peu de temps, je m'étais fait copain de ces enfants. S'il m'arrivait d'en croiser un groupe dans la rue, je pouvais être sûr qu'à l'unisson, ils allaient me saluer bruyamment. Mon jeune âge et ma trop grande disposition à les écouter et à valoriser ce qu'ils avaient à dire me causaient bien des gênes. Mais rien de très méchant. Je les aimais bien ces monstres, et là était le drame. Ils me chahutaient parfois.

Georges et moi, étions les seuls professeurs noirs de cet énorme établissement. Réfugié politique depuis quelques années déjà, la situation de son Ouganda natal était, disait-il, déplorable. La guerre civile qui s'y déroulait faisait de nombreuses victimes. Son groupe était particulièrement touché. Le sida ajoutait à la désolation, créant une ribambelle d'orphelins dans la plus grande indifférence du reste de la planète. Georges était un activiste, il opérait à partir d'un petit groupe d'intellectuels expatriés et ne manquait jamais une occasion d'éveiller la conscience de ceux qu'il approchait au sujet de la situation dans son pays.

Professeur d'histoire et géographie, ses connaissances dans ces domaines étaient plus qu'impressionnantes. Il possédait une connaissance si vaste de l'histoire des empires africains successifs, entre autres, que, quand il venait à la maison, nous acceptions volontiers, Vanessa et moi, de nous laisser bercer par sa voix mélodieuse. Comme tous profs, il ne se faisait pas prier pour parler. Connaître intimement l'histoire de son peuple, de son humanité, n'est-ce pas le meilleur moyen de résister à l'influence avilissante de ceux qui n'ont à cœur que notre asservissement ?

Au centre de la salle des profs, des fauteuils formaient un cercle autour d'une petite table basse. Longeant deux des quatre murs, une série de canapés étaient confortablement installés près de radiateurs circulaires. Chacun avait sa place. L'Indien de Bombay, Monsieur Rama, professeur de biologie, et Monsieur Lee, le

Chinois de Hong Kong, professeur de math, ainsi que O'Brian, ce cher Irlandais, professeur de littérature, s'étaient tous assignés une place, tout comme Georges et moi-même, auprès des radiateurs. À la périphérie, il semble bien, de l'endroit où toutes les discussions importantes se tenaient.

La chaleur initiale de mon accueil avait disparu. Maintenant, je faisais partie des meubles. J'étais un meuble de plus. O' Brian était peu bavard par nature. Il n'ouvrait la bouche volontairement que quand les collègues anglais avaient quitté la salle et, alors seulement, il daignait nous conter la façon dont, à ses débuts dans la profession, il s'était fait traiter de paddy au quotidien par des collègues sans affection particulière pour la vermine irlandaise. Toutes les fois où l'IRA revendiquait une bombe, il se préparait aux vacheries répétées de ses collègues. Ce n'est que maintenant qu'on le laissait tranquille. Le nombre des Irlandais dans la région avait augmenté considérablement.

Une fois les injonctions quotidiennes et matinales du chef d'établissement terminées sur intercom, Monsieur Rama entreprit de m'ôter toutes illusions sur la nature et les motivations de nos employeurs. L'homme visiblement aigri travaillait dans l'établissement depuis quarante ans et n'avait jamais obtenu les promotions qu'il convoitait. Il ne devait pas non plus devenir chef du département de biologie. Au lieu de le nommer à un poste pour lequel il était qualifié, on avait préféré faire venir un homme de vingt ans son cadet duquel il avait le plus grand mal à recevoir des ordres.

À un moment critique de son récit, la sous-directrice pénétra dans la salle que seules remplissaient ma présence et l'excitation de ce bon Monsieur Rama. Elle fit mine de chercher quelque chose. M. Rama jeta un coup d'œil rapide à sa montre et, en ramassant ses effets personnels, me lança :

— Maintenant, j'ai presque l'âge de la retraite et je me fous pas mal de ce que ces gens-là peuvent bien faire. Ils n'ont aucune prise sur moi ; mais vous, vous devez rester vigilant !

Et il disparut dans le fracas de la porte. Confus, je restai, assis là, à digérer l'amertume des paroles qui résonnaient encore dans ma tête. Soudain la sous— directrice, agitée, m'interpella pour me dire de ne pas m'occuper de ce que le vieux bonhomme pouvait bien dire.

— Si aujourd'hui il n'est pas chef de département, c'est parce qu'il ne le mérite pas. Vous voyez bien qu'il ne peut même pas être à l'heure pour son cours. Il a fallu que j'intervienne pour le pousser à retourner à une classe où il aurait dû être il y a déjà dix minutes ! Je l'aurais sérieusement rembarré s'il était resté ici une minute de plus.

Je choisis de ne rien dire et retrouvai le confort de mes pensées afin de ne pas compromettre un poste difficilement acquis.

***

À la maison, Vanessa m'apprit que sa sœur Catherine et Hayet, une amie tunisienne, allaient passer les prochaines vacances de Noël avec nous. Cela ne m'importunait point. Au contraire. Je les aimais bien ! Une rupture d'avec la monotonie ne pouvait qu'être la bienvenue. Cela faisait déjà deux ans que nous nous trouvions à Londres. Le dimanche suivant, Hayet fut la première à arriver ; ravissante comme à l'accoutumée. Tout la fascinait. Elle n'arrêtait de parler que pour reprendre son souffle. Elle était charmante, sa capacité à s'émerveiller était une vraie brise fraîche. Pour elle, tout était merveilleux. Cette attitude était la bienvenue.

Hayet n'avait que vingt-deux ans. Afin d'échapper à l'influence de ses parents, elle s'était mariée à dix-huit ans, à un homme d'une trentaine d'années à qui, depuis, elle avait donné un fils. Elle nous avait avoué n'avoir, au début du moins, éprouvé aucune attirance pour cet homme. Elle l'avait épousé de façon à fréquenter l'université. Son mari, étudiant en médecine, complétait un doctorat. Ne voyant pas l'utilité d'une éducation universitaire pour les femmes, ses parents avaient décidé qu'elle serait envoyée en Tunisie, où sa tante lui avait déjà trouvé un bon parti, le fils de l'Imam du village.

Hayet avait réussi au CAPES d'anglais et venait d'entamer la deuxième année de formation pratique. Elle avait laissé son mari en France prendre soin de leur fils. Elle disait avoir bien mérité cette pause, la première depuis son mariage. Vanessa et Hayet papotaient déjà. Il me fallait repartir chercher Catherine qui devait arriver à dix-huit heures à l'aéroport de Heathrow. La route était longue. Catherine m'avait rencontré une fois auparavant. Avant de partir pour l'Angleterre, elle nous avait invités à dîner, sa sœur et moi. Elle fut la première à m'apercevoir. Elle était moins aguichante que sa petite sœur Vanessa, mais plus joviale et surtout plus mûre. Elle parlait d'une façon plus posée que Hayet. Il me semblait qu'elle pesait chaque mot avant de le laisser glisser hors de sa bouche. Elle venait de quitter son copain. Ils n'arrêtaient pas de se battre.

Quand nous arrivâmes à Lewisham, il faisait déjà sombre. On entendait de la musique et on sentait des odeurs de fête. L'allégresse des femmes m'enivrait. Nos deux invités prendraient la grande chambre. Vanessa et moi, nous nous contenterions de la petite. Tout le monde était à l'aise en short et en bas, et moi je faisais respirer mes doigts de pied. Vidia passait Noël chez ses tantes. Nous étions libres de faire la bringue. La sonnerie retentit, c'était Hakeem, drapé d'un beau boubou brodé. Il avait apporté champagne, liqueurs et bière. Le fumet de colombo de cabri emplissait mes narines et me faisait roucouler de plaisir.

Il était facile ici de se procurer les ingrédients nécessaires pour reproduire les parfums des tropiques. Le marché de Brixton recréait la magie des marchés de Kingston, Port-of-Spain et Accra. Tout le Commonwealth y flânait. Les femmes, aux larges derrières, naviguaient les allées piétonnes sur le rythme des calypsos, des rub-a-dubs, et de la Juju music endiablée, accompagnées de messieurs tantôt rastafarisants, nœuds à la barbe, tantôt crâne rasé, coco sec. On y trouvait de tout, des quénettes, des pommes de Cythère, jusqu'aux malakas, en passant par le sucre à coco et le vin de palme ...

Les femmes mangeaient, dansaient, buvaient et rigolaient. Épuisées, une à une, somnolentes, elles rejoignirent leur chambre. Je restai allongé sur le divan alors qu'Hakeem dormait déjà profondément dans les bras d'un fauteuil. Au petit matin, venue réclamer la chaleur de mon corps, Vanessa me transporta jusqu'au petit lit où elle se recroquevilla tout contre moi.

Vers onze heures, alors que Catherine et Hayet dormaient, Vanessa et moi nous nous empressâmes de faire le ménage. Hakeem était parti, prenant soin de laisser un mot : « Je passe vous prendre pour aller au Fridge ce soir. Gratuit pour les femmes. Y'aura de l'ambiance. »

Vers midi, nous sortîmes avec nos invités pour une longue promenade au centre-ville. Piccadilly Circus pullulait de touristes. Nous visitâmes le Rock Circus et prîmes des photos avec le sosie de Tina Turner. Carnaby Street fascinait Hayet. Elle n'avait jamais vu autant de gens bizarres au même endroit. Des gens qui, pour tout maquillage, portaient de la peinture noire autour des yeux, des lames de rasoir comme boucles d'oreilles, et des hommes d'affaires en beaux costumes chaussés de minables tennis. Leur excentricité lui rappelait à quel point sa vie était réglée, ordonnée et carrée.

Elle souhaitait oublier qui elle était là-bas et devenir autre, ici, en l'espace d'une semaine, transgresser les interdits, et vivre un peu.

Le Fridge était une des boîtes les plus en vogue de Londres. Sur le coup des vingt-et-une heures, Hakeem nous retrouva. Les femmes n'étaient pas encore prêtes, et pour mettre un terme à leur bavardage et les activer un peu, je pénétrai dans la grande chambre. Elles étaient nues, sur le point de s'habiller, et je n'éprouvai ni gêne ni regret à la vue de ces trois corps suprêmement sensuels. Elles m'éjectèrent en rougissant, amusées et piaillant de plus belle.

Nous arrivâmes en boîte à vingt-deux heures trente. En Angleterre, les boîtes ferment vers deux ou trois heures du matin. La piste immense était bondée, à la plus grande joie des filles. L'ambiance électrique les mettait déjà en transe. Elles se contorsionnaient depuis bientôt une demi-heure. La sueur perlait leurs fronts. Au gré d'un morceau qui nous plaisait, Hakeem et moi dansions mais, contrairement aux filles, n'occasionnions aucun attroupement. Il y avait des centaines de canons dans cette boîte, et c'est à ma copine qu'on s'intéressait. C'est autour d'elle qu'on venait mimer l'acte sexuel sous prétexte de danser. Elle savait l'effet qu'elle faisait aux hommes et semblait se plaire à les aguicher. Elle s'y donnait à cœur joie. Elle aimait bien ça, celle-là, manipuler le désir des hommes. Mon regard croisait parfois celui d'Hakeem qui semblait bien me plaindre. Je m'en voulais d'avoir baissé la garde, d'éprouver de vrais sentiments pour cette fille. Je le sentais bien que j'avais commencé à l'aimer plus fort que moi, car c'est avec un pincement au cœur que je me résignais à ce spectacle. Je parvins à taire la voix en moi qui m'intimait de lui faire violence pour qu'elle danse droit. Heureusement, la boîte possédait deux pistes. Je me décidai à monter à l'étage pour me soustraire à ce spectacle émasculant.

Au petit bar du haut, je commandais un Bailey's quand un homme d'une trentaine d'années me toucha le bras puis me dit à l'oreille qu'une de ses amies souhaitait faire ma connaissance. Je pris mon temps, complétai ma commande et lui assurai que, dans un instant, j'allais me joindre à son groupe, deux Noirs entourés d'une demi-douzaine de blondes plus jeunes. Tout sourire, il me présenta une d'entre elles visiblement émue, et m'encouragea à l'éloigner des autres. D'un pas mal assuré, elle me suivit quelques mètres plus loin. Après une longue gorgée de Bailey's, je lui sortis sans ménagement :

— Alors, comme ça, je te plais ?

Elle rougit et baissa les yeux. Elle fit mine de se formaliser et m'expliquait dans un accent encore plus épais que le mien, elle devait être Suédoise, qu'elle avait simplement fait un commentaire sur moi à un ami, et que celui-ci était allé trop loin. Elle s'excusait déjà. Je me ravisai, changeai de stratégie et lui offris un verre. J'en profitais pour me taire, et paraître plus suave, usant de mes mots avec une parcimonie tactique. Le tour était joué et la partie, gagnée ! Nous nous levions à l'occasion pour danser. Elle riait aux éclats maintenant. Nous nous touchions aussi comme pour dissiper toute réserve et toute crainte. J'avais complètement oublié la jalousie qui m'avait rongé trente bonnes minutes plus tôt. Je me sentais bien. Ma revanche était douce ! Je la savourais plus que mon attirance pour ce fruit nordique exotique. Les choses qu'elle m'inspirait restaient inavouables.

Soudain une main ferme me secoua pour me sortir de mon extase. C'était la poigne d'Hakeem qui, avec agitation, m'expliquait à quel point Vanessa était énervée. Elle était montée à l'étage après s'être aperçue de ma disparition, m'avait vu roucouler avec cette femme blanche qui me lançait des regards sans équivoque, et était redescendue, hors d'elle. Elle avait ramassé ses affaires et menaçait de me faire la peau. « Il fallait qu'on s'en aille avant que ça barde ! » disait-il.

Je jubilais en mon for intérieur, n'ayant nulle envie de partir, mais, pour faire plaisir à Hakeem qui avait promis à Catherine de me ramener dans le hall où elle m'attendrait, j'acceptai de prendre congé et, sans plus de cérémonie, attrapai moi aussi mon manteau pour rejoindre ces dames. De très loin, j'entendais les injures prodiguées à mon encontre par mon adorable copine. Quand je fis mon apparition à la porte, elle se tut. Il n'était pas question de m'accorder plus d'importance que je n'en avais. Catherine me prit par le bras, me tira à part et me dit que j'avais agi comme un vrai salopard. Elle comprenait pourquoi, mais m'enjoignait à avoir plus de patience avec sa sœur. Il fallait la comprendre.

— Ce qu'elle a fait ce soir n'est pas bien, mais elle ne s'en rend pas vraiment compte. Elle est jeune, Dieudonné. Toute cette attention lui monte à la tête. Il faut que tu sois là pour elle au lieu de partir faire le scélérat ailleurs.

Vanessa arriva en trombe et l'interrompit brusquement.

— Qu'est-ce que tu as à lui raconter ? Tous pareils. Tous des cons. Catherine, ne perds pas ton temps à parler à ce con !

Le ton venait de monter. Je voulais répliquer vertement. Mais déjà Hakeem était sur moi. Il savait que, quand Vanessa et moi nous nous disputions, nous effrayions le monde alentour. J'obtempérai aux injonctions au calme de mon grand ami alors que nous entrions, Catherine, Hayet, Vanessa et moi dans le taxi qu'Hayet avait fini par trouver.

Vers trois heures du matin, Catherine, n'arrivant pas à dormir, vint dans le salon où je regardais encore la télé, et commença une longue conversation. Nous parlâmes de sa famille, de son ancien copain, de ses rêves, de ses ambitions... Elle me demanda de l'aider à démêler ses cheveux afin qu'elle se fasse des nattes. Je l'aidai et m'amusai dans sa tête fournie. Je lui proposai même de faire les nattes à sa place. Elle me montra comment procéder et, une fois que j'eus compris le truc, nous reprîmes notre conversation. Au moment où je me surprenais à lui dire que j'aurais souhaité que sa sœur soit plus comme elle, Hayet traversa le salon pour aller boire un peu d'eau dans la cuisine.

Le lendemain matin, sur le divan, c'est une gifle qui me tira de mes rêveries. Je bondis, prêt à me battre. Cette fois, j'étais jugé coupable de conspirer avec sa sœur, dans son dos. Elle disait savoir que je la désirais. Elle l'avait bien vu dans mon regard, en particulier quand la veille j'avais pénétré dans la grande chambre. Je la retenais du mieux que je pouvais car elle était capable de me faire saigner. En entendant le tintamarre, Catherine accourut. Vanessa n'avait plus qu'une chose à dire :

— Hier soir, tu nattais les cheveux de ma sœur, et cela te paraît normal ? Jamais tu ne fais quoi que ce soit pour moi.

Elle était en train de se couvrir de ridicule. Sa sœur riait déjà devant le comique de la situation. Seule Hayet pouvait avoir mouchardé. En relâchant mon étreinte, je lui dis que j'étais persuadé qu'elle ne m'aimait pas. De plus, elle m'avait sciemment provoqué la nuit précédente. Il fallait qu'on discute de tout cela ! Elle se mit à pleurer et le masque tomba enfin. Assise sur ses talons à même le sol, elle affirma m'avoir toujours aimé. Pour elle l'amour était l'expérience la plus dévastatrice qui soit. Elle n'avait qu'à considérer sa mère pour s'en convaincre.

— Aimer, c'est se perdre. C'est abandonner un peu trop du petit pouvoir qu'on a.

— Au diable toutes ces théories, Vanessa. Il faut se donner et le faire sans limite, sans restriction. C'est la peur qui nous perd.

Je parlais de quelque chose que je ne connaissais pas. Je ne pouvais même pas dire à ma propre mère, « Je t'aime ! »

Le lendemain, Hakeem débarqua en fin de matinée. Il voulait nous emmener chez des copains à lui pour fêter Noël. Vanessa ne se sentait pas bien et, franchement, je n'avais pas non plus envie de sortir. Il avait trouvé une voiture et nous assurait que Catherine et Hayet seraient entre de bonnes mains. Il les ramènerait le lendemain matin. Il était temps pour eux de partir faire la bamboula bien comme il fallait !

Nous restâmes longtemps allongés sur le petit lit, sans dire un mot, l'un sur l'autre. Le silence nous réconfortait. Nous avions si peur de rompre la magie de ce moment paisible que nous restâmes là sans rien faire, sans rien dire, jusqu'à ce que le téléphone sonnât deux heures plus tard. C'était ma mère, ma sœur, mes frères, ma grand-mère, toute la famille. Ils appelaient des Antilles pour nous souhaiter un joyeux Noël.

Le lendemain, Hayet et Catherine ne se réveillèrent pas avant quatre heures de l'après-midi. D'après Hakeem, la soirée avait été chaude. Ils avaient en une soirée évacué le stress d'une année entière. Le reste de la semaine se déroula sans histoires. Nous passions notre temps à visiter des musées et à arpenter les rues de Londres de long en large. Déjà, Hakeem avait repris du service à la Poste et Vanessa, elle aussi, était retournée au travail. Je passais mes journées à accompagner Catherine et Hayet dans les magasins où elles dépensaient leurs derniers sous.

Catherine fut la première à partir. Elle préféra, au lieu du métro, prendre un taxi jusqu'à l'aéroport d'Heathrow. Le lendemain, ce fut au tour d'Hayet de s'en aller. Elle préférait prendre le train. Nous l'accompagnâmes jusqu'à la gare. Elle nous souhaitait plein de bonnes choses ne cessant de nous attendrir. C'est à ce moment-là que je sentis les doigts de Vanessa chercher les miens. Je ne pus les tenir fermement que le temps qu'Hayet disparût. Ensuite, je les lâchai négligemment. Le regard de Vanessa

s'assombrit, empli alors d'une douleur indicible.
Je ne pouvais accepter ce geste de tendresse !

***

Deux semaines plus tard, la sonnerie du téléphone rompit un long silence béat. Je me réveillai en sursaut, tâtonnai dans la pénombre, tirai les rideaux, décrochai le combiné pour entendre le déclic typique des appels d'outre-mer.

— Dieudonné ! C'est maman ! Eh, ben … (soupir) Mémé n'est plus.
— Quoi ? Noooon ! Tu rigoles !
— Sois fort, mon chéri.

Il me fallut rapidement faire une réservation, prévenir mon employeur et neutraliser la peine qui m'envahissait. Le voyage fut très long. J'arrivai en Guadeloupe vers sept heures du soir. Sans fanfare, Cousin Éric et son amie étaient venus me récupérer à l'aéroport. En route pour Basse-Terre, dans sa toute nouvelle Land Rover, nous discutions des circonstances du décès de notre grand-mère. Vers les huit heures, je débarquai au Carmel juste en face de la maison familiale. Attroupés dans la rue, hommes et femmes, pour la plupart grisonnants, attendaient patiemment leur tour pour entrer dans le couloir et rendre leur dernier hommage.

Dans la rue, au pied de la maison, quelques visiteurs m'avaient reconnu et m'interpellaient déjà. Madame Monboudin, sa fille aînée et une amie me souriaient allègrement. C'est chez elle, dans ma plus tendre enfance, que je découvris l'amitié. J'y avais passé des heures innombrables avec sa fille cadette quand les cours du soir retenaient ma mère au loin. Elles étaient collègues, madame Monboudin et ma mère. Collègues, amies, protectrice et protégée. Je l'avais toujours aimée, cette grande dame pleine de grâce. Elle n'avait eu pour moi qu'attentions et bonne volonté. J'admirais sa force, sa constance et tout ce qu'elle avait représenté dans mon enfance la plus vulnérable. Elle était d'ébène, forte, bonne et sûre d'elle-même. Elle incarnait l'Afrique de mon imaginaire.

En dépit des circonstances, en la revoyant après tant d'années, je ne pus contenir la joie que j'éprouvais. Je l'embrassai, saluai sa fille et son amie, mais la retenais dans mes bras. J'acceptai ses condoléances avant de balbutier quelques mots sur ma vie et de chercher maladroitement à lui exprimer mes sentiments en lui lançant :

— Quand j'étais petit, je te voyais comme une femme africaine bien debout, une femme de...

Je ne pus terminer ma phrase. Profondément troublée, elle m'interrompit avec virulence :

— Une femme africaine ! Ti gason oh ! ... Puis enchaîna. « Ta grand-mère était tellement fâchée à ta naissance. Elle ne voulait pas de toi dans sa famille.

Et ...

Choqué par la direction qu'avait prise la conversation, je restai un instant pris de court. Sa fille et son amie la retenaient de toutes leurs forces et l'éloignaient de moi. Elle s'agitait crescendo, attirant l'attention. Mais, elle et ses mots n'avaient déjà plus aucun sens pour moi.

Je m'entendis lui répondre mécaniquement que ma grand-mère m'avait toujours aimé et que je ne comprenais rien à ce qu'elle me racontait. J'avais simplement voulu lui signifier le respect et la considération que je lui portais. Je ne compris pas tout de suite sa réaction, mais dus bien reconnaître que j'avais moi-même causé cet incident. Comment eus-je pu oublier les sentiments que portaient tant de personnes à l'Afrique ? Elle ne pouvait souffrir la comparaison. Comment eut-elle pu oublier qui j'étais ?

Je savais que le grand-père Toupatou n'avait jamais accepté cette addition africaine à la famille. Ses regards fuyants eurent raison de transformer cette intuition en fait indiscutable. Dans sa bouche, mon père était laid et méprisable. Mais, pas dans la bouche de ma grand-mère.

La religion était au centre des préoccupations de Mémé. Elle se levait tôt le matin, toujours à la même heure et se couchait tôt le soir. Toujours, elle suivait la même routine. Elle rendait grâce à Dieu pendant plus d'une heure le matin et un peu plus d'une heure aussi le soir avant le coucher. Pendant la journée, inlassablement, elle égrenait son chapelet. La croix restait le point focal de sa chambre. Elle prenait congé des gens avec le « À demain si Dieu veut » de rigueur en Guadeloupe. J'ai gardé sa croix.

Mémé était patiente, diligente et attentionnée. Rien ne lui échappait : ni les grognements d'un ventre vide, ni un soupçon de frustration sur le visage d'un enfant gâté. Elle était prévenante jusqu'à la faute. Soucieuse de ce que tout se passe au mieux, pour tous. Elle nous couvait. Maintes fois, nous, les enfants, échappions aux réprimandes grâce à une Mémé qui s'empressait de rectifier nos manquements. Nous l'aimions tous à la folie. La connaître, c'était l'aimer. Elle n'avait cherché à nous enseigner véritablement qu'une chose, le sens de l'amour.

Elle prenait le temps pour ses petits-enfants, essuyait leurs larmes, invoquait la joie et ramenait la tranquillité dans les esprits agités. Sa présence, nul ne pouvait la négliger, même si elle cherchait souvent à la faire ignorer. Il eut été facile de la mépriser, grave erreur ! Elle portait en elle un message viril.

L'observer dans le silence, c'était apprendre le vrai sens du don. Mémé était l'essence de ce que nous devions devenir si nous voulions continuer à exister. Son histoire était une histoire d'amour nourrie par la haine, un triomphe forgé dans le mépris du crachat des hommes, et une gifle à la face de la bêtise des gens.

La maison étant bondée, j'avais du mal à trouver des yeux les membres de ma famille.

Assis dans le jardin, les hommes buvaient le ti-punch et faisaient la conversation à voix basses comme pour ne pas réveiller les morts. Dans le couloir et dans l'escalier, jusqu'au premier étage, les va-et-vient ne cessaient pas. En haut, finalement, ma famille : ma tante, ma mère, ma sœur, mes oncles, cousins et frères.

Après les bises et les accolades, ma mère me tira par le bras jusque dans la salle funèbre. Là, assises le long des murs, des femmes proches de ma grand-mère veillaient, priaient et égrenaient de longs chapelets d'un air contrit et attentif. Au centre de la grande pièce gisait le cercueil massif couvert d'un verre épais qui préservait l'air climatisé qui circulait à l'intérieur.

À pas hésitants et poussifs, je me laissais tirer vers la tête du cercueil effrayant. Mes yeux brouillés ne reconnaissaient plus la personne, sereine mais sévère qui, d'un sommeil imperturbable, me saluait par son silence. Elle était frêle, comme rétrécie, et ne ressemblait plus à ma Mémé, mais je savais bien … Et c'est pour cela que, sans me prévenir, des larmes rebelles irritaient déjà mes yeux, et la tension du désordre de ce corps muet me devenait insupportable. Je m'enfuis pour cacher mon émoi malgré les protestations de ma mère.

Mémé était la femme la plus généreuse qu'il m'avait été donnée de connaître. Elle prodiguait mille faveurs et autres gentillesses à tous ceux qui lui en donnaient le temps. Ma Mémé à moi était une grande dame noire, mince, raffinée, vive d'esprit, douce, quoique parfois autoritaire, que l'on venait voir de loin pour en obtenir mille et une choses. Elle était aimée, Mémé, et pas seulement de ses propres enfants et petits-enfants, mais aussi de tous ceux qu'elle avait personnellement touchés et aidés.

Le voyage du retour fut long, très long. Malgré moi, mon esprit divaguait et me remettait en mémoire des évènements que j'aurais préférés oublier, comme l'histoire que mon frère Jo m'avait racontée.

« Qu'est-ce qui se passait ? Quel était ce bruit étrange en provenance de la cuisine ? Serait-ce une de ces souris qu'on avait maintes fois tenté d'exterminer ? »

Mémé s'inquiétait car elle ne voulait pas que le bruit réveille la maisonnée.

« Une souris ne peut quand même pas soulever des couvercles et faire sonner des couverts. »

Oui, c'était bien des bruits de couverts et des couvercles qu'elle venait d'entendre. Elle se redressa, laissa tomber son chapelet et sa Bible sur le lit et se précipita vers la cuisine. Dans la pénombre, elle aperçut une forme de deux fois sa taille qui lui lança :

— Alors Mémé. Comment vas-tu ? J'espère que …

— Ti gason ! l'interrompit-elle. Que faites-vous ici ? Comment êtes-vous entré dans cette maison ?

— Mémé, c'est moi !

— C'est qui moi ?

— C'est moi, Jo.

Mémé éclata d'un rire moqueur, l'air de dire « On ne me la fait pas à moi. »

— Écoutez. Dépêchez-vous de vous servir et déguerpissez avant que quelqu'un d'autre ne vous voie. Sinon, ça va barder !

Jo s'était retenu de lui pouffer en pleine face. Il s'était rendu compte que sa grand-mère ne l'avait pas reconnu et l'avait pris pour un voleur. Ça arrivait de temps en temps à cause de ce foutu Alzheimer. Il se dépêcha tout de même de partir pour sa chambre, faisant mine de quitter la maison.

Mes réflexions se faisaient automatiques et tyranniques. Vivement que l'avion se posât.

Lorsqu'on contemplait mon peuple, on avait l'impression que sa culture émanait essentiellement de sa souffrance. Une souffrance provenant de l'ignorance, du refus de tirer les leçons du passé. Souffrance créatrice d'une esthétique singulière. Une souffrance auto génératrice et destructrice.

Ma tante m'avait regardé droit dans les yeux avant de me demander sans ménagement, « Pourquoi n'as-tu pas encore réussi ta vie ? »

La question me choqua et me déprima, à la fois. Comment pouvait-elle oublier ma culture, celle derrière laquelle je voulais me cacher ? Comment pouvait-elle attendre plus de moi ? Je faisais mon possible pour subsister. Cette question jeta un froid glacial. Personne, aucun parent, ne m'avait appris à être quelqu'un dans le monde. Je n'avais que l'épaule de ma mère sur laquelle me soutenir, mais déjà trop de monde s'y appuyait. Je n'avais que des besoins. Ça n'allait vraiment pas !

Entre veille et somnolence, mon esprit agité, dans cet avion lent, m'emporta encore plus loin dans une partie réprimée de ma mémoire.

J'ai grandi dans un monde créé pour et par l'abus, une île sur laquelle tout le monde, ou presque, était le produit de l'abus. On y était souvent abusé, abuseur, ou les deux à la fois. Parfois même, désabusé. Un monde fait de violence langagière, émotionnelle, physique, politique et j'en oublie. Un monde dont la culture brutale célébrait l'assujettissement sexuelle des uns par les autres, où les enfants étaient vus, mais rarement entendus, où la bêtise des hommes écrasait la faiblesse des femmes, où les prouesses au lit faisaient contrepoids à tout sentiment d'inadéquation.

Martin, un coolie desséché, tout de long, rabougri par les affronts du manque, bancal comme la cabane de misère qui abritait ses os friables, avait pour habitude, à l'heure de la récréation, de passer devant la petite maternelle du Carmel avec son seau d'eau rempli à ras bord. Toujours, nous l'attendions. L'accabler d'injures homophobes était devenu l'activité de choix de notre courte recreation. Nous hélions tous en chœur « Martin, makoumè-la ». Il semblait volontiers entrer dans le jeu. Se baissant, faisant mine de ramasser une pierre ou un bâton, il nous envoyait courir dans tous les sens. Puis, nous reprenions de plus belle sous l'œil amusé de nos maîtres. La répétition de ses menaces mimées, notre course effrénée, tout cela faisait chauffer le sang et déclenchait des fous rires empreints de crainte. L'objet était de ne point se faire attraper par le « makoumè ».

Vite lassé par cette danse quotidienne, il exagérait ses manières de femme, se claquait une fesse et décampait aussi vite que son seau débordant lui permettait de le faire. Tous, nous avions peur de Martin, mais d'une peur qui ne nous appartenait pas. La peur de nos aînés, une peur inscrite dans la définition de notre culture. Martin était un de ceux qu'on nous avait appris à taire.

L'avion semblait faire du surplace et je repensais sans le vouloir à tous les évènements qui m'avaient marqué.

J'avais rencontré Jeff pour la première fois en 1985, à Basse-Terre, au lycée Gerville-Réache. Tout de suite, j'ai compris qu'il était différent des autres lycéens. Il suffisait bien sûr, pour s'en rendre compte, de regarder sa tenue vestimentaire. Il portait de longues chemises qui lui tombaient sur les genoux, et des jeans déchirés, ce qui à l'époque n'était pas encore à la mode. Il était coiffé d'une façon ... bizarre. Il portait un jherry-curl, ou quelque chose qui y ressemblait étrangement. Ses cheveux défrisés et longs faisaient pâlir de jalousie les commères du Bas du bourg. En fait, il me faisait penser à un jeune artiste que je venais de découvrir : Prince. Il ressemblait à Prince tel qu'il apparaît sur la pochette du 45 tour, « I wanna be your lover », en pleine période des cheveux défrisés longs et des slips sexys. Sa chevelure, son teint et son faciès me faisaient penser à Prince.

Souvent, il s'asseyait devant ce grand lycée guadeloupéen, juste à l'entrée d'un petit snackbar toujours plein du chichi des étudiants. Il s'asseyait là, entouré de ses disciples — quel autre nom puis-je leur donner ? Assis en tailleur au milieu d'une foule subjuguée, il tenait conférence ; probablement, il refaisait lui aussi le monde avec des mots. Son verbe retentissait longuement dans les têtes creuses des fils de la bourgeoisie mulâtre et blanche qui lui servaient de crachoir. Saint-Claude et Ducharmoy servaient encore de place forte à ces Européens exotiques.

En passant, je regardais, comme tout le monde, le grand gourou à peau de sapotille qui enseignait la rue et les vertus de l'abâtardissement à la jeunesse dite « pensante » des hauteurs de Saint-Claude. Il ne me choquait point ; en fait, il m'amusait. Ses grands gestes, ses coups de gueule et son accoutrement le faisaient passer à mes yeux pour un habile manipulateur des esprits faibles. C'était sans aucun doute un original. Comment aurait-il pu réellement me choquer ? N'en étais-je pas un moi-même ? Il ressemblait à une version aseptisée de tous les illuminés avec lesquels j'avais pris l'habitude de perdre mon temps.

Je n'éprouvais, en fait, aucun désir de le connaître. J'étais simplement content de savoir qu'il était là. Cela me permettait d'échapper enfin à l'attention trop insistante des badauds et autres curieux professionnels. J'avais un cercle très restreint d'amis, partageurs de galères, de bonheurs, d'honneurs. Ainsi qu'un réseau extensible à souhait de frères jouisseurs, tripeurs, et faucheurs. Nous nous suffisions à nous-mêmes. Nous étions les ventres à crédit, les sans papas, les oubliés du bonheur, les rejetons de l'assimilation, ses victimes les plus visibles.

Un soir comme tous les autres où je me mettais nonchalamment en route pour rejoindre la procession des victimes de l'ennui au Champ d'Arbaud, lieu des ébats psychédéliques d'une grande partie des anciens combattants adolescents de la vie, je vis Robert apparaître, accompagné d'un Jeff décharné, aux yeux hagards. Tous deux faisaient violence à la quiétude anticipée de mon esprit. Les voir m'irritait. Ils m'indisposaient, car ils n'avaient pas été invités à violer mon espace. Je changeai de direction en les apercevant. Que pouvaient-ils bien me vouloir ? La réponse ne m'intéressait pas vraiment car, pour l'heure, le soleil se couchait et il me tardait d'allumer ma boîte à rêves...

Ils pressèrent le pas et n'eurent aucun mal à me rattraper. N'avais-je pas déjà dit à ce nègre des mornes volcaniques de Saint-Claude de ne pas prendre la liberté d'amener des étrangers chez moi ?

Sans aucun doute, c'était bien chez moi qu'ils se rendaient, à la petite case aménagée à côté de la grande maison familiale. Robert me présenta à Jeff qui, de toute évidence, espérait de moi un miracle. Il me demanda de lui indiquer un empoisonneur public qui pourrait lui vendre de quoi adoucir ses angoisses de jeunesse. Nous étions tous assez tarés, assez désemparés, ou assez oisifs, au choix, pour nous dévouer à la sainte Marie-Jeanne, mère de toutes les euphories débilitantes, avec une assiduité religieuse.

Malgré ma prétendue méconnaissance de ce dont ils m'entretenaient, je voyais bien qu'il me serait impossible de me débarrasser de ces deux carcasses humaines. J'allumai une des deux cigarettes que je possédais et la leur laissa. À peine mon dos tourné, que déjà, l'agoulou-gran-fal posait sa main sur mon épaule exaspérée. Il se plaignait de mon offrande, et désirait goûter à ce que je me réservais. De toute évidence, il attendait de moi un traitement de faveur. Il avait le toupet de ceux qui ont longtemps vécu à l'étranger ou plutôt, comme dirait ma gauloise de voisine crépue, en Métropole. Sa requête fut satisfaite. L'Africain que j'étais avait encore le cœur sur la main.

La Colombienne venait de détruire une poignée de ses neurones et le maître du verbe creux était heureux de toutes ses dents jaunies par le café et les poisons qui se fument. C'était un connaisseur et je m'inclinais toujours devant les connaisseurs.

Le lendemain, au lycée, à travers mes lunettes de soleil bon marché, je vis sa forme s'agiter devant moi avec enthousiasme dans un salut qui n'en finissait plus de m'agacer. La veille, il n'avait fait que partager une vulgaire cigarette avec moi et déjà ses esprits le quittaient. Pour lui, il semblait important que nous devenions amis. Plus tard, dans le courant de la semaine, il s'aventura même jusqu'à venir me rendre visite dans la case qui me servait de refuge contre le monde cimenté des adultes. Il voulait partager avec moi les fruits empoisonnés de ses pêches nocturnes.

Le personnage n'était pas sans charme ; et de toute évidence, il ne connaissait pas les usages de l'île. En quittant ses mornes, son Saint-Claude protocolaire, il allait s'exposer aux pires assauts d'une négritude à tête sauvagement grainée. Il trouva également une grande oreille ouverte prête à recevoir sa musique rock, ses idées anarchistes, ses espérances et ses angoisses.

Le phare de Vieux-Fort nous servait de point de rencontre. Là-bas, nous fixions l'horizon inlassablement, rêvassant aux multiples aventures possibles ailleurs. Jeff avait pris l'habitude de passer me chercher le soir dans la Toyota de son père qu'il récupérait une fois celui-ci rentré du travail. Nous faisions un petit tour en ville, afin de trouver un ou deux potes avec qui faire la blague. Vers six heures du soir, la ville se taisait alors que nous ne faisions que nous éveiller, enfin.

Les centres culturels, les salles de gym, les aires de récréation, tout manquait. Il nous fallait nous-mêmes nous créer un espace de liberté et d'expression, loin du monde guindé des adultes. Nous suffoquions dans un imaginaire étriqué. Notre ennui braillard indifférait.

Garder notre calme coûte que coûte, pour maintenir un équilibre mental, voilà ce qui nous importait le plus. Nous avions la haine, comme autant de rats dans une cage minuscule. Cette émotion épuisante nous empêchait d'apprécier la beauté qui nous entourait.

Jeff était rempli d'une rage que son cynisme dissimulait fort mal, et pourtant il avait le sourire facile. On l'aurait cru gentil. Il portait en lui une blessure profonde. C'est peut-être pour cela qu'il voulait à son tour blesser le monde. Trimbalé d'un pensionnat à un autre, privé de la chaleur familiale en semaine, livré à l'indifférence des étrangers chargés de son instruction en Alsace, il avait appris l'insignifiance de son peuple absent de toutes les discussions et de tous les manuels scolaires.

Corps et âme, il avait subi l'assaut des envies et rancœurs des autres. Garder son calme, voilà ce qui lui importait. En lui, un volcan bouillonnait, rempli de frustration et d'un ressentiment qu'il avait fait sien. Pour tout évacuer, il fallait fuir en avant.

Depuis longtemps déjà, Jeff était mort. Jeff est mort spirituellement le jour où il soupira dans les oreilles d'un ami blanc, pensant que je n'entendrais pas :

— J'aurais aimé avoir de longs cheveux blonds, et des yeux bleus. Comme toi.

Il est mort dans la chair à la suite d'un accident de voiture plusieurs jours plus tard, vers trois heures du matin, alors qu'il rentrait seul chez lui, après avoir fêté avec le cannabis d'usage mêlé à beaucoup d'alcool, son départ imminent, la fuite anticipée vers sa métropole idéalisée. Aucun de ses amis n'a pleuré sa mort physique. Nous nous l'interdisions ! J'avais choisi de rester un Nègre indécrottable. L'assimilation n'avait jamais été mon truc. Il ne s'agissait nullement pour moi de glorifier l'aberration et la bêtise autodestructrice.

Toute une jeunesse en désarroi se suicidait lentement. Pas d'emploi, pas un sou, dans un pays possédé qui glorifiait l'objet plus que tout. Une société de consommation effrénée qui ne produisait plus que du superflu. Notre misère, cachée sous les cocotiers et les couches superficielles d'une abondance hypothéquée, resurgissait au détour d'une phrase malheureuse.

Nous fumions pour avoir le sentiment d'exister. Je fume donc je suis. Nous nous battions avec la mort pour affirmer dans un cri d'agonie notre désir de mieux vivre. Nous étions pour les autres, les gens normaux, autant de plaies béantes et incurables que leur bienséance désirait conjurer. Nous étions pour nous-mêmes des êtres sans importance, insignifiants, vivant au jour le jour, allant à l'école parfois, sans conviction aucune. Nous étions les négros de cette société noire qui, avide de respectabilité, s'empressait de nous nier, nous, les symptômes même de sa folie. J'ai perdu des camarades, ceux que personne ne pouvait ni voir ni entendre, dans cette course vaine. Certains sont à l'asile, d'autres au cimetière.

Je me rappelais un jeune premier fraîchement sorti des beaux-arts. Attiré par la toux poussive de deux adolescents, il s'approcha, renifla, et s'assit enfin pour nous dire, à mon bon copain Nino et à moi, à quel point il était nocif de consommer autant de poisons. Nous l'avons écouté du haut de notre nuage car, lui que rien n'obligeait à se soucier de nous, il s'était approché sans peur pour nous engager dans un dialogue qu'il croyait salutaire. Il parlait bien et avait des richesses à prodiguer à notre monde malade. Malheureusement, à bout d'espoir, il choisit plus tard, lui aussi, de nous rejoindre et de se réfugier dans notre folie. Les assauts d'une société malade de sa couleur eurent raison de lui. Il finit par devenir le clochard le plus cultivé de la région Basse-Terrienne.

De retour à Londres, il me fallait à tout prix me changer les idées, faire quelque chose de fort pour prendre de la distance et couper avec ce passé qui me faisait si mal. Mine de rien, j'avais déjà parcouru bien du chemin !

***

C'était décidé, j'irai à la mosquée de Brixton. Je ne savais pas où elle se trouvait mais j'étais déterminé à la trouver. Le bus traversait des quartiers où, tour à tour, le luxe et la misère s'étalaient à profusion. Le parcours, assez court à l'ordinaire, était rallongé à l'excès par un chauffeur démagogue.

Vanessa ne se doutait de rien. Elle avait quand même remarqué que je ramenais à la maison de nombreux ouvrages sur l'Islam, mais elle attribuait cela à la très grande curiosité qu'elle me connaissait. Si elle avait su, elle aurait désapprouvé tapageusement.

Brixton grouillait de monde. Les ignames passaient d'une main à l'autre. Des objets colorés occupaient chaque centimètre de trottoir. Les témoins de Jéhovah revenaient de leurs temples. Les rastas vendaient de l'encens, de l'eau de coco, et toutes sortes d'objets arborant le fameux vert, jaune, rouge. Le jaune pour l'or qu'on nous a volé, le vert pour le pays spolié, et le rouge pour notre sang versé. Le calypso se faisait entendre partout, et les clochards saouls agitaient leurs bras comme pour se ressaisir un instant. Les bobbies veillaient au bon ordre d'une foule turbulente dont ils craignaient les excès.

Je savais exactement où trouver l'information qu'il me fallait. À la cabane afro-centrique. Tarik, l'archiviste du monde noir pourrait me renseigner. Il avait dans Cold-Harbour Lane une échoppe qu'il partageait avec une minuscule galerie d'art africain. Avant de parvenir à louer cet espace, il avait vendu ses livres sur une table pliante en pleine rue. Si on désirait un livre quelconque sur le monde noir, on pouvait être sûr qu'il en avait entendu parler. Soit il le possédait, soit il pouvait l'obtenir assez rapidement. Il venait des Bermudes. Tout chez lui, y compris son parfum, célébrait l'Afrique.

La mosquée, me dit-il, était juste en face du commissariat de police. Je ne pouvais pas me tromper. Bien sûr que je savais où se trouvait le poste de police ! C'est la première chose que l'on apprenait à repérer dans ma condition. La Mosquée salafiste de Brixton, le Masjid ibn Tayneeyah, se trouvait sur Gresham Road.

Je pénétrai dans le bâtiment de la plus ancienne Mosquée du Sud de Londres qui, de l'extérieur, me fit plus penser à un taudis qu'à un lieu de culte. Je me dirigeai comme tout le monde dans une pièce où nous devions laisser nos chaussures. Des enfants suivaient des femmes dans une petite salle jonchée de tapis où ils pouvaient se vautrer impunément. Un grand frère drapé de blanc me prit la main en me lançant un « Salam Aleikum » retentissant. Surpris, je lui répondis :

— Merci !

Je lui demandai où trouver l'Imam. À l'étage, dans une pièce isolée, je le découvris prosterné au-dessus d'un gros livre couvert d'inscriptions en Arabe. L'intensité de son regard me réchauffa le cœur. L'homme, la quarantaine bien frappée, était présent et impressionnant. Sa peau noire au bouton impossible éclatait de santé et de propreté. Une bouche fine, à jamais figée dans un rictus, trahissait son bien-être intérieur. Sa voix suave, sans équivoque, révélait ses origines jamaïquaines. Comment était-ce possible que l'Imam pût être jamaïquain ? La plupart des gens ici présents étaient aussi sans doute d'origine antillaise. On voyait ici et là quelques Pakistanais, quelques Turcs, quelques Anglais et quelques Africains, mais l'ensemble de la mosquée était rempli d'Antillais anglophones. Ils étaient tous jeunes et avaient rejeté la religion de leurs parents dans un effort de reconquête de ce qu'ils pensaient être leur héritage. Ils savaient que les Africains réduits en esclavage aux Amériques avaient été depuis longtemps islamisés dans l'Afrique de l'Ouest des empires du Mali, du Ghana et Songhay. Plus de 40 000 Antillais s'étaient convertis à l'Islam comme je m'apprêtais à le faire.

Nous cherchions à nous démarquer des schémas imposés par le Christianisme. Il s'agissait plus d'un démarcage que d'une guerre. Je me cherchais. Il n'était pas question d'appartenir. Je cherchais seulement à m'accrocher à quelque chose qui m'acceptait. L'extrémisme était contraire à mon éducation dans la démocratie et la sensualité.

Je ne tenais pas tant à voir l'Occident enseveli sinon ouvert, dépouillé de sa propre barbarie. J'étais moi aussi un occidental. Ma vie ne prenait tout son sens qu'en occident ; j'en étais la création. L'Islam était encore une fuite en avant. Un moyen d'évacuer la douleur. Une étape dans mon cheminement vers moi-même.

L'imam me fit un long discours sur le prophète, l'esclavage, l'oppression économique et raciale. Il me parla des piliers de l'Islam, et m'enjoignit à reconsidérer mon désir de conversion afin d'être sûr que je faisais un bon choix, librement. Il n'y avait rien à reconsidérer. Je voulais en démordre avec le passé. J'étais prêt à proclamer l'unicité d'Allah, et c'est exactement ce que je fis une fois mes ablutions terminées. Dans la grande salle, la prière fut courte. Des bras longs et fermes m'étreignaient. J'étais tout d'un coup devenu le frère d'une multitude d'inconnus. Une main généreuse m'offrit un très beau Coran tout neuf orné d'inscriptions dorées. Bien plus tard, cette Mosquée, je l'appris, serait fréquentée par les infâmes Zacarias Moussaoui, Richard Reid, l'homme aux chaussures piégées, et Abdullah el-Faisal.

***

Vanessa me regardait d'un œil suspicieux presqu'effarouché. Elle ne me comprenait plus du tout et anticipait mes réactions en se basant sur les généralités qui circulaient sur les musulmans. Elle m'attribuait des idées de domination que je n'avais pas. Elle craignait tout particulièrement que je cherche à la convertir. À partir de ce moment, elle n'achetait plus que du porc. Je n'en mangeais pas beaucoup auparavant. Ne plus en manger du tout ne me posait aucun souci. C'est exprès, et par pure provocation, qu'elle le faisait rôtir chaque jour. Elle se mit aussi à acheter de l'alcool, prétextant que, si des visiteurs se présentaient, il serait judicieux d'en avoir à leur offrir. Elle ne buvait jamais, pas plus que Vidia. Je m'en doutais bien, elle s'évertuerait à saper mes nouvelles résolutions.

Elle se refusait à moi sous prétexte que les musulmans n'ont pas le droit d'avoir des relations sexuelles en dehors du mariage. Elle ne ratait aucune occasion de me tourner en bourrique. Au-delà des taquineries, son désarroi était réel. Je voulais bien l'épouser pour être en règle avec Allah, mais il lui fallait comprendre que je ne permettrais ni ne tolérerais qu'elle me manque de respect comme autrefois. Je m'engageais à la réciproque. Elle refusa d'un ton ferme.

— Quand tu reprendras tes esprits, déclara-t-elle, on en reparlera.

***

Je retournais en France en vacances, sans Vanessa. Hakeem m'accompagnait. Il prenait lui aussi des vacances méritées. Il n'avait jamais vu Paris. Pour lui, c'était un pèlerinage. Voir Paris et puis mourir. Pour moi, c'était un constat d'échec. Le voyage se déroula sans incident. Des hommes d'affaires se bousculaient aux postes de douane. Le douanier tournait et retournait nos passeports. Un passeport anglais et un passeport français. Il en tournait et retournait les pages avec une lenteur inquiétante. Il nous dévisageait sporadiquement et commençait à nous inquiéter sérieusement. Je voulais rouspéter... Arrivés à Créteil, mes amis, frères et cousins nous firent, à Hakeem et à moi, une réception d'enfer. C'est eux qui avaient raison. Il me fallait croquer la vie à pleines dents. Hakeem visitait tous les monuments qui l'intéressaient. Nous fûmes de toutes les fêtes organisées en notre honneur. Il était ravi de son séjour. C'était décidé, je ne retournerais pas à Londres. Il rentrerait seul.

***

Une semaine plus tard, l'envie me prit d'aller aux États-Unis. Une amie fortuitement rencontrée dans les couloirs de mon ancienne fac m'apprit que notre département cherchait à y envoyer quelqu'un comme lecteur à une fac privée nouvellement jumelée. Elle en revenait juste.

— Ce poste, disait-elle, serait idéal pour toi. Il te permettrait de mener ta recherche à terme dans des conditions plutôt favorables.

Tout ce qu'il me restait à faire était d'aller voir mon ancien prof, Mme Rivière. La vieille dame était ravie de me revoir et de me savoir intéressé. Nous avions de l'affection l'un pour l'autre. Elle voulait savoir comment j'allais, ce que je faisais et si je prenais bien soin de moi. Elle promit de me tenir au courant des suites de ma requête. Les bonnes notes qu'elle m'avait données et sa bienveillance avaient établi le ton de notre relation.

Je me dirigeais maintenant vers le bureau de Mme Colombe. Un prof qui ne m'avait laissé aucune impression particulière, mais dont la spécialisation m'interpellait : le syndicalisme américain. J'avais suivi ses recherches à l'époque et les avais trouvées insipides. J'étais là, dans le couloir menant à son bureau, trois ans plus tard, avec un sentiment étrange.

Alors que j'approchais, je discernais des voix agitées et des gros mots inattendus dans cet environnement universitaire. Lorsque nous les prononcions, nous le faisions généralement à voix basse. Un jeune Français à la voix tonitruante apparut brusquement dans l'encadrement de la porte, comme si on l'y avait poussé. Le venin dans son regard se concentrait sur la carrure rapetissée d'une Mme Colombe anxieuse de voir arriver un agent de sécurité. Je restai figé. Sa présence sévère ne pouvait décourager l'avalanche de gros mots que l'étudiant rageur parvint à lui déblatérer avant de se voir entraîner de force hors du bâtiment.

De quoi avais-je été témoin ? Devrais-je me faire du souci ? Ce que je comprenais, c'est qu'après cinq années d'études doctorales, elle avait entubé ce pauvre diable sans qu'il ne comprît pourquoi. Lentement, maintenant, elle tournait son attention sur moi.

Devais-je prendre mes jambes à mon cou ? J'avais entendu des histoires à son sujet. Je savais qu'elle était féministe et radicale. Mais c'était un peu pour ça que j'étais venu la voir. Elle était différente. Maintenant, j'avais peur. Elle m'invita à entrer, à m'asseoir et commença à me poser des questions sur la thèse que je voulais faire. Notre conversation était franche et sans prétention. Je me contentais de répondre directement à ses questions.

Tout à coup, avec suffisance, elle me jeta :
— Pourquoi devrais-je vous accepter comme étudiant ?

La question me prit de court. Je paniquais. Je n'avais pas considéré l'alternative.
— O.K., pas de problème si vous ne voulez pas être ma directrice de recherche, je changerai de fac. Et voilà.

Je me levai pour prendre congé.
— Un instant. Jeune homme, s'il vous plaît. Je n'ai quand même pas dit non. Vous les jeunes, alors ! Elle s'offusquait.
— Je trouve votre sujet fort intéressant. Parlons-en encore un peu.

Je ne savais pas si je devais me réjouir ou trembler.

Tôt, le surlendemain matin, je reçus un coup de fil de Mme Rivière. Elle avait négocié mon séjour aux États-Unis pour une année et voulait savoir quand je serai disponible pour signer le contrat. Je la remerciais avec profusion et commençai à faire mes préparations. Je n'avais pas d'argent, mais je savais que j'allais aux États-Unis !

***

Je connaissais un peu déjà les États-Unis. J'y avais voyagé à deux reprises pour travailler dans le cadre d'un programme d'échange estival. La première fois, j'avais été impressionné par les dimensions. Toutes les dimensions. Celles des personnes, des voitures, des bâtiments... Tout m'avait impressionné.

Cette fois, un petit prêt du Crédit Lyonnais rendit le voyage possible. Je n'avais aucune idée quant à son acquittement. Je savais seulement que cet argent serait remboursé d'une façon ou d'une autre. Accompagné d'un petit groupe de dix étudiants français avec lequel j'avais pris l'avion à Paris, j'avais décidé de déambuler dans

New York à la recherche de quelque chose à grignoter. A peine nos sacs déposés à l'hôtel, nous nous dirigeâmes vers Grand Central station, une gare routière importante. Là, juché au-dessus de l'entrée d'un magasin de chapeaux cow-boy, figurait le crâne gigantesque d'un bison.

Alors que je le pointais du doigt pour attirer l'attention du groupe, une voix autoritaire coupa court à notre émerveillement.

— Hey you! Come over here.

Un flic, écumant du coin de la bouche, approchait à pas rapides, me fixant d'un regard meurtrier. Il voulait mes papiers. Après un examen succinct, il balança mon passeport sur le sol, attrapa ses menottes et me bouscula. Dans un anglais rendu approximatif par mon anxiété, je lui demandai pourquoi il me traitait de la sorte.   Selon lui, un grand Noir, dont je répondais au signalement, venait de braquer des touristes pour leur dérober leurs sous. Il portait le même T-shirt que moi. Celui que je portais affichait Université de Paris Sorbonne. Personne n'osait interrompre. Maladroitement, j'étais le seul à résister à cette arrestation arbitraire. À propos de mon passeport, il ajouta qu'il était faux. Sur ce, le plus vaillant de mes compagnons de voyage, un brun de petit gabarit, bondit et sortit de ses gonds, et dans un anglais terrible expliqua au cow-boy que nous étions tous arrivés dans son beau pays ensemble, à JFK, il y avait moins de trois heures. Moi y compris. Que nous venions de la même université et qu'il n'était plus rare que certains Français aient la peau aussi noire que la mienne. Étant donné les circonstances, j'acceptais, sans râler, d'être Français.

Confus, bouche bée, John Wayne rengaina ses menottes et s'éclipsa sans dire un mot de plus. Je l'avais échappé belle. En France, à l'époque, j'aurais enduré six contrôles d'identité en chemin vers le centre Pompidou. Mais là, la présomption était toujours que je n'étais pas chez moi. À New York, je m'étais presque fait embarquer parce qu'un flic avait pensé le contraire. Cette pensée me fit pisser sur moi.

Invitation
Tends les bras à ton île
Écoute bien ses accents créoles
Ils ne sont pas simplement chantants.

Dénude-toi au clair de lune de sa mémoire
Sustente-toi à la buche de ses conteurs
Et ceins-toi de leurs mots parfumés
Oins-toi de ton Essence profonde.

Oui, tu es bien d'ici.
Sang et larmes versés que
Le passé s'égoutte
Dans ces roquilles de rhum digérées
Au coin de l'Œil lent de notre Histoire
Où ils tracent un sillon
Sinueux mais lisible.

Oui, tu es bien d'ICI
Ta mosaïque s'abreuve à cette source
AUSSI.

« Votre raison et votre passion sont le gouvernail et les voiles de votre âme qui navigue de port en port. Si votre gouvernail ou vos voiles se brisent, vous ne pouvez qu'être ballotés et aller à la dérive, ou rester ancrés au milieu de la mer. Car la raison, régnant seule, est une force qui brise tout élan ; et la passion, livrée à elle-même, est une flamme qui se consume jusqu'à sa propre extinction. »

Le Prophète — Khalil Gibran

KETTY DE SAINTE MARIE

Il est six heures, le soleil se couche pour faire place au carnaval de lumières et de phares qui inondent déjà le soir torride des Tropiques. Une multitude de pupilles scintillantes se bousculent impatientes dans une zone confinée réservée à l'accueil des voyageurs. Debout seul, un homme anxieux se démarque d'une foule excitée anticipant le retour d'un proche. Solide, martial, campé sur une dalle immeuble, une tension feutrée se devine dans son corps bridé. Matthieu ne sourit pas comme tout le monde, il ne badine pas non plus. Son regard torturé, froid et inhospitalier évoque les tourments d'un patient effrayé par le spectre d'une fin imminente. Il attend Ketty d'un pied ferme, le visage interdit, fâché, à l'aérogare du Lamentin.

Rigide, subitement fébrile, il lui agrippe le bras et lui fait très mal dès qu'elle apparait. Elle acquiesce momentanément à ce traitement brutal, n'a pas l'occasion de lui adresser même un sourire. D'ailleurs, cela n'en vaut pas la peine. Il leur fraye déjà un chemin dans la foule attroupée dans cette damnée zone d'accueil. Il est grand, fort, et imposant, un vrai colosse. Nous étions au début du mois de juillet 1991. Le vol en provenance d'Orly déversait une flopée bariolée de vacanciers en congé bonifié. Elle avait honte. Sa vie avait pris un tournant inattendu. Après la mort de son père il y a dix années déjà, elle s'était sentie seule. Privée de son protecteur et meilleur ami. Elle détestait se sentir seule et vulnérable. Elle avait transité par Paris quelques jours plus tôt. Après dix mois en Espagne, Ketty retournait à la Martinique, sur son île natale, pour des vacances qu'elle n'avait pas souhaitées. Matthieu lui avait envoyé un billet et ordonné de rentrer immédiatement. Elle lui avait avoué son secret au téléphone sous la contrainte.

Désirée, sa maman, trop occupée à leur concocter des friandises pour un goûter rapide, ne sachant rien encore de cette histoire, avait demandé à Matthieu, qui se fit un peu prier, de récupérer sa Ketty adorée, son espoir de lendemains meilleurs, à l'aéroport. Elle encourageait beaucoup sa fille car Matthieu était un bon parti. De plus, il exerçait une influence favorable sur elle. Désirée les accueillerait à bras ouverts, le sourire en chaleur, comme à son habitude telle une mère aimante et comblée.

Cela faisait déjà huit ans que Matthieu et Ketty se fréquentaient, depuis le lycée en fait. C'est lui qui remplaçait le père, meilleur ami, protecteur, pourvoyeur. Élèves sérieux et remarquables tous les deux, ils avaient fait toutes leurs études ensemble, avaient partagé un logement à Paris pendant quatre années et étaient retournés chaque été pour des vacances en Martinique jusqu'au moment où, le premier, Matthieu obtint ses trois diplômes, y rentra définitivement et décrocha un emploi convoité dans une banque. Compétitive, Ketty voulait dépasser ses camarades de promotion, affirmer sa supériorité, accéder le plus rapidement possible à un poste à forte valeur ajoutée et rejoindre Matthieu au plus vite. Gagner beaucoup d'argent, se marier et fonder une famille faisait partie de leurs plans. Ils souhaitaient deux enfants, un garçon et une fille.

Inscrite en Langues Étrangères Appliquées (LEA), en plus du Droit dans lequel elle se spécialisait, Ketty étudiait deux langues, l'anglais et l'espagnol, avec un engouement égal. Faisant preuve d'initiative et désormais impatiente d'améliorer son espagnol, Ketty opta pour un poste d'assistante de langue française dans un Lycée de Barcelone. Elle avait bouclé un stage obligatoire de six mois dans une Barclays et déjà perfectionné son anglais lors d'un séjour en Angleterre. Barcelone était une ville à la taille de Paris, peuplée de la moitié de sa population, coincée entre la mer et une chaîne de hautes collines.

Il ne lui manquait que trois Unités de Valeur sur 13, ou que 3 cours à valider afin d'obtenir la Licence. Grâce à une dérogation lors de sa réinscription, elle fut autorisée à chevaucher la Licence et la Maîtrise. Poursuivre deux diplômes en même temps lui permettrait de gagner du temps. Cette année-là, Ketty renonça à ses vacances en Martinique. Persévérante, elle voulait être la fierté de sa mère, tout comme son unique frère, brillant et ambitieux. Juste récompense pour les sacrifices consentis.

En plus du poste d'assistante, elle s'appliqua à effectuer un autre stage dans une banque rien que pour le plaisir de comparer le système espagnol au système anglais, et surpasser les exigences du cursus. Ça pourrait toujours servir plus tard ! Elle travaillerait tous les jeudis à la Caixa, et le reste du temps au Lycée. Le lundi soir, elle donnerait des cours d'anglais à un garçonnet de onze ans, un petit Espagnol, pour mettre du beurre dans les épinards. Les parents de l'enfant payaient bien. Elle arrondirait donc coquettement ses fins de mois.

Dans la voiture, sur le chemin de la maison, Matthieu lançait à Ketty des regards sévères tel un père à une fille indocile. Sur un ton furieux, il la réprimandait aussi : « Je ne comprends pas que tu aies pu faire une chose pareille. Te rends-tu compte de ce que tu m'as fait ? J'avais des projets pour nous. » Elle essaya de balbutier quelques mots, mais un « Tais-toi ! » cinglant lui coupa le souffle. Elle garda le silence jusqu'à l'arrivée au domicile familial. Matthieu cultivait pour Ketty une multitude de projets. Il avait programmé toute leur vie ensemble avant même de la demander en mariage. La flamme d'un amour profond, éperdu, le consumait. Durant l'année de leur séparation, il avait entretenu cette passion par une correspondance et des appels téléphoniques assidus. Au fond d'elle, Ketty savait qu'elle avait fauté. Elle le regrettait, mais ses sentiments pour Matthieu, malgré elle, n'étaient plus les mêmes.

Après une longue absence, Ketty partageait le goûter avec une mère insouciante, posée, et satisfaite de revoir enfin sa fille. Assis face à elles, un Matthieu agité, au regard fuyant et affairé discutait de tout et de rien. Contente de retrouver sa chambre, son lit, son vieux chien créole, Ketty allait et revenait dans une maison qu'elle réapprenait à connaître. Elle reniflait tour à tour les arômes de muscade, de vanille, et de café qui flottaient dans l'air. Avec l'âge, le refuge magique de l'enfance paraissait toujours plus petit. Ketty fit plusieurs tours dans chaque pièce avant de commencer à défaire sa valise. Elle suspendit dans une grande armoire en acajou ses vêtements accrochés à des cintres. Pendant ce temps, Matthieu posait sur elle un regard déconfit. Il la dévisageait, observant ses moindres faits et gestes comme à l'affût d'une mutation, même minime. Sa peine le poignait. Ketty le voyait bien, mais elle n'y pouvait rien. Le mal était déjà consommé.

Il se faisait tard. Matthieu finit par prendre congé, repu du silence de leurs corps altiers. Il était resté suffisamment longtemps chez Désirée et promit à Ketty de revenir le lendemain. Il tenta de l'attirer vers lui pour l'embrasser, mais elle s'y refusa. Elle avait perdu l'engouement de naguère, cette joie qu'elle avait eu à lui sauter au cou chaque fois qu'ils se quittaient. Il ne la comprenait plus. Elle avait pour habitude d'être tendre et plus câline avec lui.

Attentionné, prévenant, et bienveillant, au fil du temps, Matthieu l'avait couverte d'or et de cadeaux. Il avait pris soin d'elle, l'avait menée dîner et danser. Il l'avait emmenée se faire belle, lui avait offert des vêtements, des dessous de dentelle, des chaussures de luxe, des parfums. Il avait tout fait pour qu'elle oublie sa peine. Elle disposait encore de la bague de fiançailles qu'il lui avait donnée deux ans plus tôt, celle qui avait alors coûté toutes ses économies. Leurs familles respectives se connaissaient et s'entendaient bien. Ils étaient toujours gais. Tout le monde prenait plaisir à les voir ensemble.

***

Avant son retour, Ketty avait écrit convulsivement. Une dizaine de fois, non moins, elle avait froissé, puis déchiré, le papier posé devant elle sur le secrétaire. Seule dans sa chambre, elle avait agonisé quant à la décision à prendre. Elle n'arrivait plus à se dire, à trancher le dilemme qui lui rendait les idées floues. Elle n'y parvenait pas. Elle se croyait faible et ne désirait plus rentrer se marier avec lui. Elle voulait faire le point, connaître quelqu'un d'autre que cette figure paternelle et réconfortante qui l'empêchait d'errer et de mûrir, la maintenant dans une forme avancée d'infantilisme. Les vacances ne s'annonçaient pas de toute gaieté cette année-là ! On se posait des questions. Elle changeait à vue d'œil et devenait maussade. Elle tentait faiblement de s'affirmer et de se montrer indépendante. Qu'avait-elle donc ? Elle cherchait autre chose. Elle se sentait tiraillée. Aussi longtemps qu'elle avait peur de décevoir Matthieu, elle ne pourrait couper le cordon. Elle avait peur de tout perdre, peur aussi de l'avenir qui ne la rassurait nullement. Elle ne frissonnait plus pour lui, mais manquait le courage de lui dire.

Si l'on acceptait de le croire, Matthieu lui était fidèle. Il s'accrochait. Son matador, il ne désirait qu'elle. Depuis l'année de leur séparation, la beauté de Ketty s'était encore épanouie. Il la sentait absente :

— Ça se voit dans tes yeux.

Parfois lointaine, il la surprenait et la rappelait à l'ordre comme pour déjouer un sort. Il la connaissait trop bien. Elle ne pouvait lui mentir. Chaque fibre de son être réclamait autre chose. Comme un camé en manque, possédée, elle ne pensait qu'à ça. Tout chez elle l'indiquait. Cela se sentait même. D'ordinaire vivace, cette délicate timidité avec laquelle elle agissait, trahissait son tourment. Les papillons dans son ventre battaient de l'aile pour un autre. Elle souhaitait expliquer à Matthieu qu'elle avait rencontré quelqu'un d'autre, avait ouvert son cœur et s'était perdue en amour. Avec Christian, un étudiant comme elle, à Barcelone, elle avait eu une relation et en souffrait. Malgré elle, ses sentiments pour Matthieu n'étaient plus les mêmes. Elle le regrettait. Pourtant, au pied du mur, elle ne s'était donné aucun autre choix que de se séparer de Christian. Il avait ses projets.

— Kouman, i té baw bwè on bagay. [Comment, il t'a fait boire quelque chose ?]

Christian lui aussi, à sa façon, s'était attaché à Ketty, la jolie Martiniquaise au minois ovale, nantie d'étincelles à la place des yeux, pulpeuse à point, pas plus haute que 1m75, à la belle dentition et au teint lisse et uniforme. Mais jamais il ne parlait des sentiments qui l'animaient. Il s'enflammait sans que jamais Ketty ne parvienne à supputer la vraie nature de ses sentiments. Elle ne reconnaissait que l'engouement qu'il portait à son arrière-train. Trop consciente du déséquilibre dans leurs gestes amoureux, elle ne se doutait pas de son intérêt grandissant pour une véritable relation. Ketty était la seule doudou au bras de laquelle il adorait se pavaner dans ce Barcelone indifférent. Ils ressemblaient à deux Cubains sur la piste de danse du Antilla Salsa Club, le plus renommé des temples de la sensualité. Elle aimait Christian jusqu'à la déraison malgré sa langue acerbe et un fort caractère. Ketty aurait souhaité, si elle en avait eu le courage, rester avec lui. En vain, se disait-elle, elle souhaitait qu'il l'aimât comme elle-même l'aimait.

***

Pour parler à sa fiancée à Barcelone, un dimanche après-midi fatidique Matthieu appela Léna, la Brésilienne mariée au Polonais, le couple de catholiques pratiquants rencontrés à l'église, chez qui Ketty résidait. Il s'avérait que les deux femmes étaient collègues au Lycée. Elles ne s'étaient rapprochées qu'après la communion religieuse. Léna enseignait le français dans le Lycée où travaillait Ketty. Mirek et Léna venaient d'acheter un pavillon avec jardin. Avoir Ketty comme locataire leur permettrait d'amortir le coût mensuel du prêt-logement. Ils occupaient le rez-de-chaussée avec leurs quatre garçons respectivement âgés de onze, neuf, six et quatre ans. Trois chambres, le bureau de Mirek, un grand salon lumineux, et une très grande cuisine attachée à une salle à manger tout aussi spacieuse composaient le premier niveau. La chambre de Ketty, se trouvait à l'étage où elle disposait de sa propre salle de bain. La mère de Mirek partageait l'étage avec Ketty, mais occupait une chambre à l'arrière avec sa propre salle de bain. Lorsqu'elles ne mangeaient pas avec le reste de la famille, les deux femmes se relayaient pour faire usage de la kitchenette installée à l'étage à leur intention.

« Czesc » hello. De temps en temps, Ketty passait saluer sa voisine de palier dans un polonais tortueux. Âgée et souffrante, elle n'échangeait plus qu'en polonais, trop fatiguée pour se torturer l'esprit à singer les autres dans leurs langues compliquées. D'ailleurs, les enfants ne s'adressaient à elle aussi qu'en polonais. Ils le parlaient autant avec leur père, mais parlaient portugais avec leur mère, et anglais avec Ketty. Léna et Mirek s'adressaient en français à Ketty, ils parlaient cette langue couramment.

Léna était une Brésilienne à la langue bien pendue qui parlait six langues. Son front bombé laissait présager une intelligence vive. Ses larges yeux trahissaient une curiosité sans bornes. Des plus souriante, sa peau basanée, ses cheveux soyeux, sa petite taille, son nez pointu, et sa bouche trop fine la rendaient ordinaire en Espagne.

Mirek, le propriétaire d'une large collection de jazz et de musique classique passait pour un mélomane, un homme aux goûts raffinés. Mince, de taille moyenne, au tempérament jovial, son front large et plat et ses yeux enfoncés surmontaient un nez large qui trônait sur une bouche charnue. Ses épaules larges et ses mains rugueuses laissaient présager des origines rurales.

Léna et Ketty dansaient ensemble et parfois chantaient à tue-tête dans la maison. Elles s'esclaffaient à la moindre tentation. Faire les courses et assister aux jeux des enfants n'étaient qu'autant de prétextes pour mieux s'intégrer à la famille. Plus que tout, Ketty abhorrait la solitude. Elle ressentait le plus grand besoin, on s'en doutait, de se rapprocher des autres, de faire corps avec eux. Sinon, catastrophe, la déprime guettait. Elle s'impliquait dans sa famille d'accueil, faisait des crêpes avec les enfants, regardait leurs dessins animés au salon, jouait beaucoup, s'entourait de leurs éclats de vie, et les aidait à faire leurs devoirs.

Léna et Mirek l'appréciaient sans réserve et l'invitaient parfois à regarder un film avec eux dans leur chambre. Tous les matins, les deux femmes se rendaient au Lycée en voiture. Elles s'entendaient comme deux sœurs, partageaient leurs pensées intimes, et sortaient souvent ensemble. Ketty aussi babillait beaucoup et racontait tout à Léna. Elles se faisaient confiance, se relayaient pour s'occuper des enfants, s'aidaient à corriger les cahiers d'élèves, à étendre le linge, le plier, faire le ménage et la vaisselle. Ketty active et volontaire adorait se sentir utile.

***

Logé à une heure de chez elle en bus, Christian travaillait lui aussi comme assistant de français. Son cousin, un vieil ami de Ketty, lui avait dit qu'elle ne connaissait encore personne en Espagne, puis lui avait laissé ses coordonnées. À Ketty, il avait parlé de Christian, son cousin de Pointe à Pitre, qui faisait le même travail qu'elle en Espagne, et comme elle vivait à Barcelone. Elle lui avait répondu qu'elle serait contente de retrouver un compatriote.

Très sollicité, plusieurs mois filèrent avant que Christian ne prenne finalement contact avec Ketty. Quand il l'appela, il venait de rompre avec sa petite amie normande après que celle-ci l'eut trompé avec un inconnu lors d'une soirée d'ivresse chez des connaissances espagnoles. Il voulait mieux faire la prochaine fois. Qui sait ? Trouver l'âme sœur, la future bergère de ses brebis à venir.

Il avait 24 ans, et Ketty, 22 ans. Au téléphone, l'assurance et la gravité, le timbre et la tonalité chantante de sa voix plurent à Ketty. Elle le trouvait respectueux, chaleureux et sympa. Après une conversation de vingt minutes, quand il lui donna enfin rendez-vous le vendredi suivant à dix-sept heures quinze, Ketty accepta sans hésitation.

Comme convenu, six jours plus tard, guillerette, Ketty se rendit au pied de La Casa Mila dans le quartier d'Eixample. Elle humait à pleins poumons les effluves odorants qui se dégageaient des fenêtres entrebâillées des cuisines qu'elle dépassait. Ces bouffées épicées lui ouvrirent l'appétit. La tête dans les nuages, elle anticipait l'extase.

Elle l'attendrait pétrie contre un mur. Christian avait un quart d'heure de retard. Il faisait encore jour, le soleil tombait doucement. Les rues se remplissaient du bourdonnement des voitures, des mobylettes et d'une foule qui cherchant à retrouver le confort de l'intérieur s'activaient devant la nuit envahissante.

Ketty s'inquiétait. Maintenant Christian avait une demi-heure de retard. S'était-il passé quelque chose ? S'était-elle trompée de station de métro ? Avait-elle mal compris ? Elle usa encore de patience et attendit nerveusement. Elle n'avait pas grand-chose à perdre après tout. Barcelone ne dormait pas la nuit, s'il le fallait elle irait dîner, et déambulerait seule.

Puis, trois quarts d'heure de retard. Décidément. D'un œil furtif, elle scannait l'avenue en se dandinant d'un pied à l'autre comme une personne qui voulait faire pipi. La montre n'avançait vraiment pas, à chaque fois qu'elle la regardait le temps se figeait et l'attente devenait plus oppressante. Pourquoi ne pas rentrer ? Au diable ce rendez-vous aveugle ! Pourquoi tant d'honneur à un rustre ? Ne méritait-elle pas la politesse de sa ponctualité ? Ah, les Guadeloupéens, quand donc évolueront-ils ? Elle fulminait, tant sa déception était forte.

Comment pourrait-elle se lier d'amitié avec une personne si mal élevée, sans égard pour son prochain ? Puis soudain, au loin, à l'angle de la rue, swinguant crânement sur un rythme que lui seul entendait, un homme plus foncé que les autres apparut. Plus grand d'une tête aussi, il accrochait les regards des jeunes filles dans le vent autour de lui. « Pourvu que ce soit lui. Pourvu que ce soit lui. » Sa bonhomie ou plutôt son esthétique singulière était responsable de son émerveillement mal déguisé. Il semblait différent des autres piétons noirs. Était-ce un joueur de basket, ou un autre type de célébrité ?

Les passants lui adressaient la parole et insoucieux, comme si on ne l'attendait pas, il prenait le temps de leur répondre. Élégant et débonnaire à la fois, vêtu d'un blazer sur une chemise d'un blanc éclatant qui tombait au-dessus d'un denim délavé, il traînait des Santiag Sancho boa à 1400 francs la paire et, comme si l'Espagne lui appartenait, il prenait beaucoup de place sur un trottoir bondé de monde. Il avançait droit sur elle. La collision était certaine. C'est à sa voix suave et profonde qu'elle le reconnut vraiment. Il se campa devant elle à 18h03 précisément, et ne s'excusa même pas. Il était beau, grand, comme il s'était décrit lui-même au téléphone.

Transie d'émotions, à aucun moment, elle n'avait voulu croire qu'un tel homme aurait pu lui poser un lapin. Impossible ! Au téléphone, il paraissait sérieux, et puis cela arrivait à tout le monde d'avoir du retard. Frivole et détaché, Christian lui expliqua que, par principe, il n'arrivait jamais à l'heure. « Par principe ? » Elle ne devait jamais comprendre cette « guadeloupéânerie ». Ils déambulèrent dans des ruelles étroites saturées de monde, se mélangeant aux touristes et autres visiteurs à la recherche de tapas, de cervezas, et de démonstrations de flamenco.

La tournée des bars achevée, attirés par l'ambiance bohème, ils s'installèrent à une terrasse géante dans la zone du Port Vell pour y déguster une Fideuada — une paella aux pâtes cuites dans un bouillon de poisson où l'on retrouvait des seiches, des calamars, et des langoustines. Comme pris dans une trombe, ils dansèrent comme des « folles » dans la rue avec tous les fêtards. Les Espagnols aiment faire la fête. La nourriture, la musique, le climat, la vie elle-même, tout à Barcelone était prétexte à faire la fête.

Ce soir-là, Ketty rentra chez elle comblée de cette première rencontre avec un homme si exaltant. L'âme en joie, elle se répétait « Ce type me plaît. » Était-elle sans vergogne ? Avait-elle oublié qu'on l'attendait en Martinique ? Son cœur battait la chamade. Elle avait le sentiment de bien l'aimer déjà tant la fascination était grande. Sous l'emprise d'une pudeur virginale, ses organes trémoussaient. Pressentaient-ils un cataclysme imminent s'apprêtant à bousculer ses résolutions les plus marquées, saccager ses convictions, avilir sa vertu, et annihiler sa volonté ? Face à une virilité débridée, si imposante, la beauté enivrante d'un Dieu qui s'ignorait, l'intelligence de ce corps désiré, pouvait-on encore lui tenir rigueur de planifier son faux pas ? De trébucher dans un désir sourd ? Elle n'avait que 22 ans, l'âge du risque, de la légèreté et de la déraison. Quelle tension ! Son corps réclamait un hiatus, un retour à la délivrance primordiale, et Christian incarnait ce hiatus.

Ils promirent de se revoir la semaine suivante. Christian proposait de se rendre à un club de comédie. Rire, disait-il, est bon pour la santé. Comme Charlie Chaplin, il savait que le rire était le chemin le plus court entre deux personnes. Cherchait-il donc un rapprochement accéléré ?

La semaine comme un sommeil léger fut de courte durée. Lui, s'esclaffait alors qu'elle, tant bien que mal, s'accrochait et luttait pour comprendre une langue qu'elle avait cru au prime abord facile. Les comiques parlaient vite. Ils déblatéraient leurs âneries à qui mieux mieux. C'est à croire que le niveau de Christian en espagnol était supérieur au sien. Elle le trouvait avancé. Comprendre des blagues débitées à toute vitesse dans une langue étrangère n'était pas donné à tout le monde. Christian et Ketty se côtoyaient davantage. Ils se voyaient maintenant religieusement tous les week-ends. Pour pouvoir lui consacrer du temps, elle arrêta de fréquenter l'église.

Dominant, élancé, Christian, l'homme-chocolat aux larges épaules louait une chambre immense dans un beau mas centenaire en dehors de la ville, à l'étage d'une maison traditionnelle espagnole aux murs de pierres, aux portes et aux fenêtres arrondies, au sol de céramiques multicolores, bien protégé des regards indiscrets. La chambre de Christian, contrairement aux autres pièces de la maison, était immaculée, lumineuse et bien rangée. Rien ne traînait sur le sol. Ni vêtements ni livres. Rien. Chaque objet était à sa place. Un grand lit douillet se trouvait au beau milieu de la chambre, et contre les murs, une armoire, une table sur laquelle étaient posées une machine à écrire, et une chaise. Un vélo de course aussi. Jaunie par le temps, placé en évidence au-dessus de la cheminée, l'unique photo qu'il possédait de son père ; un homme court à la barbe fournie, mais bien taillée, debout raide dans un costume gris, accoudé au dossier d'une chaise. Un radiocassette et une télé posées à même le sol dans un coin de la pièce servaient parfois à tromper la solitude et à atténuer l'ennui. Au rez-de-chaussée, en plus des autres chambres, En face de la sienne, on trouvait une salle de bain, une cuisine et un jardin. Un téléphone à pièce occupait le couloir.

Ketty et Christian sortaient ensemble comme de véritables amoureux. Désormais, cela était officiel. En ces lieux, on ne connaissait qu'elle, l'attitrée. Sa délicate beauté subtilisait des sourires chastes aux colocataires. Elle et Christian s'entendaient plutôt bien. Ils discutaient beaucoup, écoutaient de la musique, et à la moindre percussion dansaient ensemble comme des écervelés. Christian parlait de livres, de musique, de mode, et d'artistes qu'il aimait. Il partageait les photos qu'il prenait ; il en avait beaucoup. Elle les commentait toutes s'enivrant de mots.

Ketty avait mémorisé son numéro de téléphone. Elle l'appelait tous les jours ! À son insu, sous l'influence de Christian, elle changeait, s'épanouissait, devenait plus posée et plus confiante. Elle qui pourtant avait un fiancé qui l'attendait en Martinique, elle s'accrochait à lui comme on s'accroche à une bouée de sauvetage.

***

Elle était absente le jour où Léna expliqua à Matthieu qu'elle était partie voir Christian avec qui elle passait souvent le week-end. Elle ne rentra que le soir. Affolé, Matthieu avait rappelé toute la journée ce dimanche-là, jusqu'à ce qu'il trouve Ketty à la maison.

— Où étais-tu ?
— Chez un copain.
— Christian ? Dit-il d'un ton accusateur.

Il savait tout. Matthieu s'en doutait bien, Ketty avait couché avec Christian. Léna devait lui avoir tout déballé. Léna connaissait le lien qui unissait Matthieu à Ketty, mais aussi le malaise que ce lien suscitait. Le verdict allait tomber. Ketty passerait pour une traînée. Elle n'approuvait donc pas le comportement de Ketty. Pas étonnant, alors, Matthieu connaissait le nom de Christian! Elle ne pouvait plus mentir, même par omission, à un Matthieu livide.

Était-ce pour Léna une façon de venger un tort dont Ketty n'avait aucune conscience? Aurait-elle été trop proche de son époux? Fait mal à ses enfants? Pourquoi avait-elle fait semblant de comprendre? Pourquoi lui avait-elle asséné un coup si bas, au lieu de lui parler directement? La garce!

Matthieu la pressait de questions.

— Qu'est-ce que vous avez fait?

Prise au dépourvu, Ketty répondit sans balbutier :

— Ce que deux adultes font quand ils s'aiment.

— Vous avez fait quoi?

— L'amour. Oui, Christian et moi avons fait l'amour.

— Tu me reviens enceinte alors? Estomaqué, Matthieu ne trouva rien d'autre à dire.

— Enceinte? Pourquoi? Ça existe les préservatifs!

Il ne pouvait plus rien entendre ; ferme et stoïque, d'un ton sec il ordonna à Ketty de rentrer.

— Tout de suite. Tu m'entends ? Un point c'est tout.

Les mots choquèrent Ketty et résonnèrent longtemps à ses oreilles. La rage l'asphyxiait.

— Je te prends un billet.

Elles étaient censées être amies ! Est-ce comme cela qu'on traite une amie ? En trahissant sa confiance ? La dernière chose que Ketty désirait était de rester une minute de plus dans un foyer aussi perfide. Une fois le coup de fil terminé, elle ferait face à Léna et lui demanderait des comptes.

— Tu es ici chez moi.

Les deux femmes se chamaillaient pour la première fois. Léna exprimait son dégoût de voir que Ketty, fiancée à Matthieu, s'était en même temps coltiné un petit ami dont personne ne savait rien.

— Je fais ce que je veux. Ce n'est pas toi qui vas gérer ma vie !

Mirek, le mari, était même intervenu, et en les séparant, il lâcha :

— Qu'est-ce qui vous arrive, Ketty ? C'est Christian qui vous fait ça ? Ça commence à bien faire !

Il n'avait jamais vu Ketty en colère. À lui aussi, Léna avait donc tout raconté ?

Elle voyait rouge. « Christian. » Tout le monde n'avait que ce nom à la bouche.

Prise de panique, Léna se mit à hurler : « Va-t'en, va-t'en. Sors de chez moi ! »

Ketty repartirait volontiers chez Christian, ce soir-là. Mais d'abord elle monta dans sa chambre, ramassa quelques affaires, et quitta la maison en claquant la porte. Époumonée, en pleurs, elle voulait d'abord appeler Christian, et puis se ravisa. Elle lui ferait la surprise plutôt. Il lui fallut prendre plusieurs bus. Le trajet semblait plus long que d'habitude.

Elle n'avait jamais eu d'histoire avec Léna, et n'avait jamais non plus passé la nuit avec Christian la veille d'un jour de travail. C'était bien la première fois qu'elle s'apprêtait à le faire. Il se faisait tard. Il devait déjà être en train de dormir. En pleine banlieue, les rues étaient désertes lorsque Ketty arriva devant chez Christian. Une brise légère faisait hucher les feuilles. Étonnée de ce que la nuit révélait déjà, levant les yeux vers sa fenêtre à l'étage, à travers le rideau, elle aperçut les ombres entrelacées d'un homme et d'une femme aux longs cheveux. La scène lui fit l'effet d'un coup de pied dans le ventre.

Le goujat ! Affolée, tachant de les surprendre en flagrant délit, elle frappa à la fenêtre du rez-de-chaussée. Comment avait-il pu ? Décidément, ce jour lui portait la poisse. Un étudiant espagnol avec lequel elle avait de bons rapports pointa une face apeurée derrière un rideau tiré, puis comme elle lui indiquait de faire de la main ballante, il ouvrit doucement la porte d'entrée.

Le sang en ébullition, Ketty se précipita à l'étage, déterminée à attraper ce fumeux de Christian occupé à s'envoyer en l'air, volage, avec une pouffiasse, une catin, dans la chambre même qu'elle venait de quitter quelques heures plus tôt. Après s'être tartinée Matthieu, puis Léna, elle avait bien envie de balancer des gnons sur le coin de la gueule d'une pétasse, qui qu'elle soit, fût-elle la reine d'Espagne. Elle s'abattit en trombe sur une porte entrouverte, trébucha dans la pénombre et s'étala de tout son long au pied du couple debout sur le lit dans la chambre. Dans son aveuglement, elle avait loupé Christian assis en tailleur à même le sol buvant du thé à petites gorgées. Elle l'avait piétiné.

Ahuris par cette entrée tapageuse le couple se disloquât, éclata d'un rire gauche, ramassa ses chaussures, puis prit la fuite jetant à Christian des regards tour à tour désabusés, moqueurs, et complices. Aïe… Surpris, exaspéré, Christian commença à haleter. Tu m'as fait mal. Mais, que fais-tu ici, au juste ? Ketty se mit à craindre qu'il ne fasse une crise. Elle le savait asthmatique. Devant ses lèvres réfractaires, au-dessus de la musique douce, il commença à aboyer entre deux halètements.

— Qu'est-ce que ça veut dire Ketty ? Pourquoi entres-tu comme ça ? Tu m'as vraiment fait mal !

— Laisse-moi tranquille.

— Que se passe-t-il avec toi ce soir ? Pourquoi même es-tu là ? Réponds-moi ou bien va-t'en.

— Ne t'y mets pas toi aussi. J'ai eu ma dose de prises de tête pour l'année, tu m'entends ? T'as quelque chose à boire ? J'ai soif. Tiens, donne-moi ce que tu as.

— Non. C'est pas bon pour toi.

— Qu'est-ce que c'est ?

— Du thé de chanvre. Tu débarques comme une folle, tu effraies mes amis, tu me dois une explication quand même, non ?

Ce soir-là avant de noyer son chagrin dans le vin rouge, Ketty éclatât en sanglots, puis lui raconta comment elle s'était bagarrée avec Léna. Ils firent l'amour, dormirent et se réveillèrent pour refaire l'amour. Au petit matin, le lendemain, elle suppliait un Christian avachi, aux traits tirés de lui faire encore une fois l'amour. Fatigué, il s'évertua mollement à la satisfaire, puis regagna son école la laissant seule dans sa chambre.

Ketty appela son lycée pour l'aviser qu'étant souffrante, elle ne viendrait pas travailler. Elle en profita pour se reposer et pour faire des courses. Après quoi, elle s'appliqua à faire un peu de ménage et à préparer à manger. Chez Christian, elle n'avait de compte à rendre à personne. On ne se mêlait pas de ses affaires. Elle se sentait femme, émancipée, pas la petite fille à papa que ses proches s'évertuaient à préserver. Elle passa l'après-midi en petite tenue. À son retour, Christian la trouvait déprimée ; ne comprenant rien de son soudain changement d'humeur, il se montra perplexe, et nerveux à tour de rôle, lui qui d'habitude était si calme. Il commençait à se montrer impatient, à lui parler sans pincette, à lui poser des questions incisives auxquelles elle ne pouvait se dérober. Il voulait d'une vraie réponse et cherchait à comprendre ce qui se passait. Ketty fondit en larmes. Sentant qu'il croyait avoir affaire à une schizophrène, elle se décida à tout lui déballer. Oui, il y avait eu bien plus qu'une simple dispute avec Léna ; mais aussi un fiancé en Martinique, et une bague que devant lui elle ne portait jamais.

Lorsque Ketty lui annonça cela, choqué, Christian changea d'attitude. Son cœur se fit froid, méfiant, et mystérieux. Pourquoi ne lui avait-elle pas avoué cela plus tôt ? Dès le début de leur rencontre, par exemple ? Pourquoi ne lui avait-elle pas donné le choix ? Pourquoi avait-elle attendu que Matthieu découvrît leur relation pour le lui dire ? Son regard déconfit ne se posait plus nulle part, mais virevoltait à tout va, là où l'on ne pourrait l'intercepter. Profondément émue, se mordillant les ongles, on l'aurait cru à deux doigts de la crise de nerfs. Ketty semblait aussi perturbée que lui. Elle ne comprenait pas son attitude. La veille, ils s'étaient abandonnés l'un dans les bras de l'autre, et s'étaient épanchés dans le flot d'une intimité débridée. À vue d'œil maintenant leur relation se dégradait. Mécontent de la supercherie, Christian ne semblait plus du tout enclin à la cajoler. Sans retenue, il ne prenait plus de gants.

— Retourne auprès de ton vieux copain. Il s'appelle comment encore ? Matthieu.

Ce rejet vexa Ketty. Il renchérissait, disait ne pas vouloir d'une fille comme elle, qui trompe son mec. Le gentil Christian du début devint soudain intransigeant, voire méchant. Il lui répétait, parfois avec impatience, qu'elle devait secouer la mollesse de son corps de doudou créole. Parler plus vite, arrêter de trainer et de dire des trucs comme « mais non, l'enfant. » Il l'accablait, la trouvait susceptible, faible, naïve, trop sensible, trop timide, peureuse, indécise, nonchalante, trop fragile, et chose inacceptable, elle manquait totalement de confiance en elle. Choquée, Elle couinait beaucoup Ketty, et se laissait aller à pleurer et, comme elle le disait elle-même, à faire le bébé Cadum. C'était sa protection contre l'incompréhension et l'acharnement des hommes. Les sanglots avaient marché avec son père, lui avaient évités de nombreuses fessées pendant l'enfance. Ils marcheraient aussi avec Christian et Matthieu, s'il le fallait.

Son contrat se terminait fin avril, il lui restait encore quelques semaines de travail à son Lycée espagnol. Elle passerait des examens en France vers la fin du mois de mai et n'avait plus le choix. Son fiancé l'attendait dorénavant d'un pied ferme en Martinique. Le week-end commençait. Léna ne s'était probablement pas calmée. Christian ne savait comment pousser Ketty à rentrer chez elle. Après cinq jours, elle refusait encore d'y retourner. Il lui expliquait pourtant qu'elle ne pourrait continuer avec lui. Elle lui avait menti et il n'en voulait plus.

— Tu crois pouvoir utiliser mon corps, et puis me virer quand ça te chante. Non, mais !

Dans la soirée, devant la télé, afin de ressentir un peu de sa chaleur, Ketty tenta de lui entourer la taille de ses bras. Christian bougonna :

— T'es bizarre, toi.

« Bizarre ? » Se sentant mal comprise, un pincement au cœur, elle encaissa ses mots comme on encaisse un coup de massue sur la tête. Christian la rejetait. « Garde ton affection pour l'autre. » Cherchait-il à se venger, lui aussi ? Par ce qu'elle appelait ses enfantillages, tout le week-end, Christian la blessa. Maintenant, il la trouvait trop grosse, plus à son goût, et pleurnicharde ! Tout simplement trop faible, elle s'écrasait trop vite devant l'autorité. Elle devrait vite se résigner à l'idée qu'elle ne lui convenait plus. Christian faisait tout et disait n'importe quoi pour qu'elle s'éloigne de lui. En désespoir de cause, il commença à vanter les mérites de son ancienne copine, celle qui ne lui avait rien apporté et qu'il avait quittée.

— Isabelle, je l'aime toujours ! Lança-t-il, à court d'idée. Elle n'était pas faible comme toi, mais forte, pas gâtée comme toi. Elle savait ce qu'elle voulait, elle. Elle n'avait pas une once de graisse, aucune cellulite. Isabelle était...

Prenant plaisir à glorifier l'absente, Isabelle par ci, Isabelle par-là, il cherchait à la bassiner pour qu'elle s'en aille. Ketty explosa enfin :

— Fous moi la paix avec ton Isabelle !

Rien d'autre n'importait plus que lui rendre la monnaie de sa pièce. Et puis elle l'injuria pour la première fois.

Peut-être partirait-elle s'il l'agressait ? Le vent tournait. Furieux, chauffés à vif, comme deux chiens sauvages prêts à se dévorer, Christian et Ketty se jetèrent l'un sur l'autre. Le pugilat démarra, le sang en ébullition dans des veines dilatées, ils se tourmentèrent d'abord les habits, et dans l'instant suivant, entamèrent un coït sans protection. Elle aurait voulu sentir au moins une fois de plus ses lèvres sur les siennes. Faisant la fine bouche, même devant son insistance désespérée, Christian refusait d'embrasser Ketty. Elle ne comprenait plus rien. Son désir restait pourtant intact. Christian refusait également de la caresser, et cherchait à aller vite en besogne. Transportée par-dessus l'anodin d'une existence fourbe, elle ne s'en plaignait plus. Elle aimait ressentir son membre fébrile. Son corps le réclamait. D'habitude, il enfilait un préservatif. Affranchie de toute inhibition, dépravée dans son désir, elle en redemandait. Il ne restait plus de protection, et pas question de s'arrêter ou de réfléchir. Elle venait pourtant de lui apprendre qu'elle n'avait jamais été sienne. Christian, dans sa ferveur, ne prit même pas la peine de se retirer de Ketty instantanément en proie à la panique.

— Mais, tu es fou.

— Holà. J'ai dû perdre la tête !

— Qu'est-ce que tu me fais là ?

S'habillant rapidement Christian l'accompagna dans l'urgence vers le planning familial le plus proche. Ils pressaient le pas pour arriver avant la fermeture. Surprises de voir entrer deux Noirs, deux infirmières cherchèrent à leur faire comprendre, sans les écouter, qu'ils s'étaient trompés de bâtiment. Le bureau des aides sociales se trouvait en amont. Christian les effaça d'un revers de la main allongeant le pas en direction de la réception, il voulait voir un docteur illico presto. Il parlait fort à présent, avec autorité, signalant d'un ton ferme n'être aucunement disposé à se voir ignorer. Après quinze minutes d'attente, un docteur à la barbe longue et blanche les reçut. Ketty avala le comprimé prescrit. Son honneur serait sauf. Elle avait eu la peur de sa vie. De quoi la réveiller.

La pilule du lendemain lui vaudrait nausées et vertiges le soir même, elle se sentirait fatiguée et attraperait froid. Christian la regarderait comme on regarde une bête curieuse qu'on ne comprend pas. Gênée, elle baisserait la tête et contemplerait ses mains, il avait de belles mains fines. À ce moment-là, elle n'y pourrait rien, elle paniquerait en se rendant compte qu'elle l'aimait vraiment et regretterait d'avoir jugulé le sort en prenant le cachet. Un enfant de lui aurait pu tout changer entre eux. Troublée, Ketty décidait de rentrer chez elle le lendemain matin. Il fallait braver Léna, préparer ses valises, s'occuper du retour, et mettre fin au délire ! Lors des aux-revoir, Ketty prit soin de remettre à Christian une note comportant son adresse en Martinique. Il lui promit vaguement d'écrire.

Le jour du grand départ, les yeux remplis de larmes, sans fanfare, Ketty quitta Barcelone pour Paris. Elle pleura à l'aéroport et dans l'avion, chagrinée par le sentiment d'avoir à tout jamais perdu l'amour de sa vie. Elle avait fait chou blanc pour la toute première fois. Dans le silence de ses pensées, Ketty jura à Christian une affection éternelle. Elle devait utiliser à Paris le peu de temps qu'il lui restait pour préparer les examens de fin d'année.

***

En Martinique, le lendemain de son arrivée, comme promis, Matthieu vint lui rendre visite. En ouvrant la porte, ni contente ni triste de le voir, simplement distante et indifférente, elle lui esquissa un rapide bisou sur les lèvres qu'elle regretta aussitôt. D'habitude souriante, sa présence devant elle ne lui faisait ni chaud ni froid. Dans l'œil de Matthieu, elle semblait encore désirable et surtout inscrutable. Plus belle encore que dans son souvenir, il la sondait. Dotée d'une jolie silhouette, elle se faisait désirer. Elle l'ignorait, s'offrait à son regard, s'appliquait des produits de beauté, et faisait durer un plaisir malsain. Matthieu convoitait ce corps voluptueux campé devant lui qui le taquinait d'un mépris perceptible.

Il revenait en coup de vent d'un déjeuner tardif et n'avait plus beaucoup de temps. C'était presque l'heure de la reprise à l'agence. Au mois d'août, Il bénéficierait de quelques jours de congé et projetait de partir à Saint-Domingue avec Ketty, en couple, pendant une semaine. Celle-ci ne faisait aucun cas de lui et passa le reste de la journée à regarder des photos prises à Barcelone, à écouter de la musique et à lire. Elle ne s'ennuyait jamais lorsqu'elle pensait à Christian.

Matthieu financerait le séjour à Saint-Domingue. Ketty, il le savait, était sans le sou, désargentée ; d'ailleurs il payait tout. Les choses avaient toujours été ainsi. N'était-elle pas sa future épouse ? Il tenait à la séduire de nouveau, à la reconquérir, et à lui faire oublier ce maudit Christian, celui qui lui avait volé une moitié de son cœur. Il espérait qu'elle l'épouserait finalement pour que tout retourne dans l'ordre.

Tenace et déterminé, Matthieu n'en démordait pas.

Dans le courant de la semaine, du bureau, il appelait deux à trois fois par jour pour prendre des nouvelles de Ketty, lui proposait d'aller déjeuner, et certains soirs, lorsqu'il n'était pas trop fatigué, des sorties au cinéma, et au restaurant. Il disait comprendre son geste, vouloir tout lui pardonner et ne voulait pas changer de ce point de vue. Ketty s'était éprise d'un autre par désespoir. La pauvre avait dû se sentir seule et livrée à elle-même. L'absence de Matthieu, son homme, lui avait pesé. La proie malheureuse d'un prédateur aguerri, il disait comprendre que rien n'avait été sa faute, et ne lui reprochait rien. Émue, devant autant de mansuétude, Ketty acceptait l'absolution et les sorties. Matthieu à nouveau la couvrait de cadeaux et d'une attention de tous les instants. Malgré ses sollicitudes, Ketty ne se sentait toujours pas prête à se laisser aller avec lui. Donc, il attendait. Il savait se montrer patient.

La grande réticence dont elle faisait preuve avec Matthieu témoignait du souvenir de Christian qu'elle avait gardé dans sa chair volontaire. Elle kiffait cet homme distant que son corps réclamait encore inconsciemment. Elle chérissait cette mémoire qui lui interdisait de se donner pleinement à Matthieu. Loin de leurs repères d'antan, tant qu'il ne la touchait pas, Ketty appréciait les moments qu'elle passait avec cet homme qui l'aimait encore. Lorsque de guerre lasse, elle céda enfin, elle vexa ses multiples tentatives de lui procurer du plaisir.

— Arrête, tu ne sais pas y faire. Tu ne t'y prends pas comme lui. Avec lui, c'était mieux.

Elle rejetait ses entrées en matière. Il ne réussit pas à la faire se détendre.

— Mais mon Dieu. Que diable t'a-t-il fait ? Laissons tomber. Je ne vais pas te violer quand même. À quoi joues-tu ?

Ce jour-là, dans la chambre d'hôtel à Saint-Domingue, à côté d'elle, Matthieu se soulagea tout seul. Il était très patient. Le séjour en amoureux se déroulait sans autres contrariétés majeures. En guise d'intimité, ils dansaient la Bachata, danse sensuelle assez simple sur une musique endiablée et des histoires d'infidélité, de passion, et de séparation que seule Ketty comprenait parfaitement, et puis, ils se prélassaient grassement à la plage de l'hôtel. À Saint-Domingue, la gent féminine quoique divinement agréable à regarder, Matthieu n'avait d'yeux que pour Ketty. Trop fière de vanter les progrès accomplis en espagnol, elle lui servit d'interprète. Même si l'intimité n'était pas au rendez-vous, elle y retrouva le Matthieu d'antan et une certaine joie de vivre. Ce voyage marqua symboliquement leur réconciliation. Il avait pris de nombreuses photos, redoublé d'attention, et cherché à tout prix à lui faire oublier ce satané Christian.

***

En septembre, Ketty repartait en France repasser les examens ratés en mai. Aussi brillante qu'elle eût été au préalable dans ses études, pour la première fois elle avait échoué à un examen et ne comprenait pas pourquoi. Elle s'était fait expédier les notes de classe et, pendant un mois, les avait étudiés à Paris. Il ne lui manquait que trois Unités de Valeur pour décrocher le sacré diplôme. Elle comptait cette fois obtenir la Licence coûte que coûte. Matthieu ne s'y opposait pas, au contraire. Il souhaitait d'une épouse diplômée. D'ailleurs, sa famille tout entière avait fait des études ; ses frères et sœurs possédaient eux aussi des diplômes universitaires. Le frère unique de Ketty aussi était un diplômé. Elle refusait de se laisser plaindre, de devenir celle de qui l'on aurait honte.

À Paris, elle chercha à voir Christian. Elle avait entendu dire qu'il y était de passage le temps d'obtenir son visa pour le Brésil, avait quitté Barcelone définitivement et voulait lui aussi la revoir. Ils firent l'amour tendrement sans se parler. Il prit le temps de se comporter comme un homme aimant, et non comme la brute qu'elle réclamait une toute dernière fois. Accepter le corps qui s'offrait, était-ce suffisant pour faire de Christian un goujat ? En quoi Ketty et Christian étaient-ils différents ? Il avait bien raison, pensa-t-elle. Il lui fallait d'une fille forte pour l'accompagner au Brésil et non d'une pleureuse gâtée comme « moi ».

Ketty échoua à ses examens une fois encore, et la rage au ventre se réinscrit en tant qu'étudiante salariée le surlendemain, s'engageant à retourner l'année suivante pour passer une troisième fois les UV manquants. Cette Licence, elle la voulait plus que la vie elle-même. Il en allait de son orgueil. Il lui fallait faire une trêve de toute cette déveine.

Pas prête à encore une fois rentrer la tête basse, Ketty cherchait son réconfort. Ses démarches administratives accomplies, Christian quittait la France la semaine suivante et n'avait plus de temps à lui consacrer. Doublement contrariée, elle regagnait son île auprès du seul homme qui voulait encore d'elle, celui qui se battait pour elle, s'intéressait vraiment à elle, et qui en fin de compte allait devenir son mari. Amère, elle quitta Paris en octobre 1991. Le départ pour la Martinique était cette fois définitif. Elle ferait rentrer ce qui lui restait d'effets personnels par fret et ne retournerait plus en France pour un long séjour. Elle y reviendrait uniquement pour les examens.

Son Matthieu la récupéra à l'aéroport, confiant qu'elle n'irait plus jamais séjourner en Europe. Le sourire du vainqueur lui allait comme un charme. Cette fois, il jubilait. Sur place, il pourrait mieux la protéger des rapaces et autres jouisseurs insatiables comme Christian. Il ne se doutait de rien, et satisfaite d'avoir encore une fois pu goûter au fruit défendu, Ketty n'avouerait rien non plus. Pour enfin être heureuse et sauver ce qu'il restait de son honneur meurtri, elle allait tout faire pour oublier l'Europe, ses tentations malsaines, et Christian. Rechuterait-elle ? Repenserait-elle à lui ? Peut-être, mais elle ne chercherait plus jamais à le revoir.

À son arrivée à l'aéroport, Ketty éprouvait à la fois de la peine et de la haine. La vie qu'elle menait produisait en elle une grande lassitude, un dégoût intraitable. À sa mine, Matthieu la trouva amaigrie et lui fit la remarque. Elle n'avait toujours pas de diplôme en poche. Avoir si honte tout le temps l'épuisait ! Son histoire d'amour avec Christian était belle et bien terminée, elle s'y était résignée, mais avait quand même mal. Maintenant, elle affronterait sa nouvelle vie à bras raccourcis. Elle se donnerait pleinement à Matthieu, sans commentaires ou remarques désobligeantes. Il fallait être réaliste, elle avait un bon parti en lui, et pouvait encore devenir une femme digne et respectable dans leur petit univers martiniquais impitoyable. Elle allait parer au plus urgent et se mettrait à chercher du travail.

Désirée cachait mal sa déception. Elle aurait préféré voir sa fille rester en France et finir ses études universitaires à plein temps. Rien n'y ferait, Ketty préférait travailler, et ne souhaitait plus résider dans un pays où ni Christian ni Matthieu ne vivait. Même sans passion, la protection d'un homme était préférable à une existence d'anticipation dans un univers scolaire insipide. La vie était déjà si dure.

D'un côté, il y avait Matthieu, doux, attentionné, magnanime, mais ô combien prévisible. Et de l'autre, Christian, distant, pas tendre, mais ô combien mystérieux et attirant. Elle cherchait dans son souvenir des signes de son amour. L'agitation qu'il créait en elle la frustrait, habituée qu'elle était à être rassurée, caressée, choyée, cajolée, complimentée. Elle s'obligerait à rester avec Matthieu, même si elle ne l'aimait plus, car il s'était battu pour elle et le faisait encore. Christian avait disparu après un dernier jeu de reins. Il ne l'aimait pas, elle ne lui apportait rien. Pourquoi continuer à s'intéresser à lui plus longtemps ? D'ailleurs, il ne fallait plus qu'elle passe une minute à penser à ce goujat de Christian.

Son gros Matthieu l'aimait et se battait corps et âme pour la retenir. Il n'avait d'yeux que pour elle, ne parlait que d'elle et ne vivait que pour elle. Alors pourquoi tant de confusion ? Tant de questionnements ?

Matthieu se voulait utile, il attendait beaucoup d'elle. Il l'avait toujours aidé, dépensait beaucoup pour elle, peut-être pour mieux la retenir. Selon une annonce trouvée sur le campus de Schœlcher, on cherchait une étudiante capable d'assurer des cours d'anglais à un groupe d'élèves en soutien scolaire. Ketty obtint le poste, et assura les cours le mercredi et le samedi.

Elle se ragaillardissait, reprenait goût à la vie, sortait plus souvent et travaillait avec joie. À l'occasion, repenser à Christian la rendait triste. C'est pour ça qu'elle ne portait plus la chemise bleue, trop grande, qu'il lui avait laissée comme souvenir. Une carte postale arriva du Brésil. Au recto, l'image multicolore et excitante d'un groupe de femmes dénudées et pulpeuses dansant une Samba endiablée avait retenu l'attention du facteur. L'adresse de l'expéditeur était omise ; aucun moyen de répondre. C'était lui, Christian. Ketty se sentit broyée. Il disait avoir trouvé un poste de lecteur dans une fac. Il lui apprit aussi que Léna et Mirek avaient fini par divorcer. Il tenait cette information de sources sûres. C'était tout.

Que Christian l'eût avertie et qu'il n'ait pas fourni d'adresse au Brésil, c'était mieux ainsi. Elle respectait ses choix. Lui au moins, il savait ce qu'il voulait. Mais qui était-il vraiment ? Elle ne le savait même pas. Hormis un cousin, elle ne connaissait pas sa famille. Elle avait vu une photo de son père dans sa chambre à Barcelone. Elle ne l'avait fréquenté qu'à peine quelques mois.

Il était plus sage d'accepter la proposition de Matthieu. Au moins, lui, elle le connaissait bien. Elle opterait pour le prévisible et contre l'imprudence, pour ce à quoi elle était déjà habituée, plutôt que pour ce qui pouvait la désarçonner davantage. Elle accepterait la routine que Matthieu proposait plutôt qu'une simple aventure sans lendemain avec Christian. Elle essayerait de l'aimer autant qu'il l'aimait. Leur avenir en dépendait. Matthieu allait devoir être courageux et encore plus patient.

Quoique constamment entouré de filles depuis l'enfance, au lycée, à la fac, comme à la banque, Matthieu jetait encore son dévolu sur elle. Il s'était persuadé que Ketty était son idéal féminin, la femme de ses rêves. Aucune, autre qu'elle ne ferait l'affaire. En son absence, il avait essayé gauchement de flirter sans grand intérêt, puis s'était résigné, convaincu de sa nullité, découragé, avant de retrouver le confort de son idée fixe.

Ketty comprenait sa difficulté à évoluer à proximité d'individus spontanés, volubiles, et parfois envahissants. Casanier, renfermé sur lui-même, il redoutait le changement, source déstabilisatrice des affaires familiales, réductrice de bénéfices, déclencheur de malaise. Elle le comprenait mieux que tout le monde. Matthieu préférait la discipline du silence, de la retenue, le confort de l'intimité en groupe restreint, l'ordre des sentiments, et la constance du prévisible.

Ketty lui avait appris à accorder les couleurs des vêtements qu'il portait, à enchainer les pas de danse pour libérer la joie que sa rumination estropiait. Matthieu croyait avoir besoin de Ketty pour devenir l'homme qu'il aspirait à devenir. Pas pour autant amoureuse, elle en perdait la tête et ne savait quoi faire.

Pourquoi ne pas simplement renoncer aux deux hommes ? Repartir à zéro, cela serait tellement plus simple ! Cinq mois avec Christian contre huit ans avec Matthieu. Déconcertée par l'incohérence de ses sentiments, Ketty se transforma en boule de nerf. Elle avait perdu confiance en elle, et ne se sentait plus capable de rester seule, bercée par le souvenir de son père qui lui manquait terriblement.

Sortant du bureau un soir, Matthieu passa lui rendre visite et la trouva prostrée. Il s'en inquiéta.

— Non, c'est rien, ça va aller.

— Arrête, je te connais. Je vois bien que tu ne vas pas bien. Regarde-moi !

Sous le poids de la culpabilité, Ketty releva la tête et ne put s'empêcher de lui dire qu'elle n'allait pas pouvoir continuer avec lui. Elle se trouvait indigne, et tenta de lui remettre sa bague de fiançailles. Il la déclina.

— Tu penses encore à lui ?

Comment avait-il deviné ? Il savait lire ses pensées. Elle ne pouvait rien lui cacher. Saisissant soudain sa main, tremblotante, Ketty lâcha un « Oui » timoré et se mit à sangloter. Puis, elle se blottit contre lui pour gémir et pleurer à chaudes larmes.

— Je l'aime encore. C'est plus fort que moi.

Elle continuait de tressaillir. Il tenta de la consoler et la prit dans ses bras.

— Va le rejoindre, elle l'entendit dire doucement.

— Je ne peux pas, je ne sais même pas où il est, et il ne m'aime pas.

Ouvrant la porte de la chambre sans frapper, Désirée intercepta la phrase sans vraiment la comprendre. Elle entra et, d'un ton jovial, lança :

— Tout va bien les enfants ?

Les enfants, c'est comme cela qu'elle les appelait depuis longtemps déjà, ce qui expliquait pourquoi elle surveillait, et tenait à ce que l'on respecte les bonnes mœurs sous son toit. Pas de cochonneries avec elle dans la maison. Matthieu ne voulait pas partir comme ça, sans retourner la situation, et pour lui changer les idées, il lui proposa d'aller s'asseoir dans sa voiture garée sur le bas-côté de la route.

« Pourquoi pleure-t-elle ? Qu'est-ce qu'elle a comme ça ? » Se demandait Désirée. Elle n'apprit l'existence de Christian que plus tard, lorsque les bribes de conversations interceptées se mirent en ordre dans son sommeil. Après quelques jours, elle alla demander des comptes à Ketty qui en guise de réponse simula une crise de spasmophilie. Elle en souffrait depuis le décès de son père, un peu plus d'une dizaine d'années. À sa disparition, elle n'avait que douze ans. Militaire de carrière, il s'était reconverti en agent de recouvrement du Trésor public. Névrosé, paranoïaque, il avait été suivi toute sa vie par un psychiatre, mais avait fini par sombrer dans l'alcoolisme. Il décéda d'une crise cardiaque. Désirée, coquette, exemplaire et irréprochable travaillait comme comptable.

— Je n'arrive pas à respirer, se plaignait Ketty.

S'adressant tout d'un coup, sèchement, à Matthieu, Désirée rétorqua :

— Elle fait une crise de spasmophilie. C'est normal, elle ne mange pas. Tu ne vois pas comment elle a maigri ?

Ketty avait perdu ses formes et sa sensualité aussi à force de se mettre dans la tête qu'elle était devenue trop grosse. « Il lui fallait perdre du poids », Christian ne le lui avait-il pas fait comprendre ? « Il fallait faire du sport pour garder un corps et une peau élastiques. » Tout était de sa faute. Tout ce qu'elle faisait se rapportait à lui. Matthieu ne comprenait pas le cauchemar qu'elle vivait. Physiquement auprès de lui chaque jour ; par la pensée, elle passait son temps avec Christian.

— Maintenant, arrête. C'est fini tout ça. Oublie-le.

— Tu m'aimes ?

Elle agaçait Matthieu.

— Oui, Ketty, je t'aime. Toutes ses inquiétudes trahissaient l'influence néfaste de Christian. Elle n'était pas comme ça d'habitude, braquée sur sa personne au point de se remettre sans cesse en question.

— Qu'est-ce que ce diable a bien pu te faire ?

Malgré son agacement, il l'écoutait, refusant de décrocher. Comment en arrivait-on à se faire autant cannibaliser ? Tout le voisinage voyait qu'elle avait changé. Elle souffrait d'un lenbé, un tourment d'amour. « Je ne la reconnais pas. Répétait Désirée. Je ne sais pas quoi faire d'elle. »

Ketty repartit passer les examens une troisième fois à Paris en mai 1992. Elle les rata. Elle n'y arriverait décidément jamais ! Cette satanée Licence la narguait. Pourtant, elle avait étudié comme jamais auparavant, mais l'avait fait à partir de notes incomplètes, inexactes, et mal recopiées. Elle avait encore une fois davantage cherché à mémoriser l'information qu'à la comprendre vraiment, et avait révisé ses notes sans le bénéfice d'un groupe d'étude et d'un enseignant auquel elle aurait pu poser des questions pour plus de clarifications. Découragée, dépitée même, elle se répétait qu'elle n'avait vraiment pas eu de chance. En annonçant son échec à Matthieu au téléphone, elle pleurait.

— Maman sera vraiment déçue. Sa fille n'est tout simplement pas intelligente !

— Mais non, doudou, elle comprendra. Elle sait que tu as essayé et que ce n'est pas de la mauvaise volonté !

Ketty prit la décision de mettre fin à ses études une fois pour toutes. La confiance dans les talons, elle n'avait pas le cœur à se réinscrire en fac. Chose intolérable, un cursus trop difficile lui renvoyait sa bêtise. Ne travaillait-elle pas assez ou était-elle vraiment plus bête qu'une autre ? Elle s'en voulait. Pour sûr, elle s'était mal orientée. Maintenant, elle rentrait au pays le cœur gros.

Ketty se souvint d'une des phrases de Christian : « Quoiqu'il arrive, garde la tête haute et aime-toi comme si ta vie en dépendait. » Elle n'allait pas l'oublier de sitôt, bien qu'au fond elle s'était déjà convaincue que sa vie ne valait rien. La dépression menaçait. Les premiers signes étaient là. Elle ne mangeait plus et ne trouvait plus goût à rien. Désirée, elle aussi, pleurait loin de tous les regards avant que sa fille ne retourne. Qu'allaient donc penser tous ces gens qui la connaissaient ?

***

— Je vais demander à papa si tu peux venir travailler au magasin en attendant que tu trouves ce que tu cherches vraiment.

Le père de Matthieu, un Indien aux cheveux blancs, un homme calme et effacé possédait une bijouterie à Fort-de-France que son épouse noire gérait. Dynamique, intransigeante, connue pour un sens aigu du contact humain, elle faisait tourner le magasin d'une main ferme. Le personnel marchait à la baguette. Autoritaire, impavide, profondément croyante, pratiquante rigoureuse, ses petits yeux pointus au-dessus de pommettes saillantes révélaient son tempérament intraitable. Pas née de la dernière pluie, elle ne se laissait jamais marcher sur les pieds.

Sans expérience dans la vente, sans diplôme ni perspective d'avenir, nichée encore dans les jupes de sa maman, Ketty appréhendait l'idée de devenir un fardeau pour les autres. Elle gardait quand même la bague de fiançailles que Matthieu avait refusé de reprendre.

— Papa est d'accord.

Redoutant la mère de Matthieu, Ketty rejeta la proposition. Elle n'avait aucune envie de travailler dans une bijouterie. Elle se sentait destinée à autre chose. À quoi ? Elle ne le savait pas encore. Pour dire vrai, elle ne pouvait risquer de se voir débusquer par une femme avertie. Aucune feinte ne serait plus possible exposée à long terme à sa surveillance. Son déficit d'amour pour son fils lui sauterait clairement aux yeux.

— Plus tu restes à ne rien faire, plus tu n'auras rien envie de faire !

— Qui t'a dit que c'est mon intention, rester à ne rien faire ? Et puis d'ailleurs, depuis quand tu me commandes ?

— Je ne te commande pas. J'essaye tout juste de t'aider. Que vas-tu donc faire ?

— Je vais rester chez moi au calme à effectuer mes recherches d'emploi et à me mêler de mes affaires.

Ketty s'était dressé un emploi du temps. Avec son paquet de feuilles blanches et deux livres sur les techniques de recherche d'emploi, elle apprenait à rédiger un CV, une lettre de motivation, à gérer une candidature spontanée, et comment faire bonne impression lors d'un entretien d'embauche. Chaque jour, elle rédigeait une dizaine de demandes à la main. Sa mère les expédiait. Matthieu lui donnait des tuyaux sur comment mieux se mettre en valeur. Il fallait parler des stages effectués, et mettre en avant l'expérience acquise à Barcelone, sa sélection par un professeur pour effectuer une enquête auprès de notaires toujours à Barcelone, de l'expérience acquise à Londres, du soutien scolaire effectué en Martinique. Ketty était non seulement compétente en langues, mais aussi en Droit et en secrétariat. Pourquoi n'avait-elle pas choisi de faire un BTS secrétariat trilingue au lieu d'un LEA ?

Désirée fit jouer ses connexions. Elle contacta la fille d'un cousin au service des ressources humaines de la banque où travaillait Matthieu.

— Ne t'inquiète pas, je vais voir ce que je peux faire pour elle. Dis-lui de m'amener un CV.

Ketty fut convoquée à un entretien. Désirée se faisait du souci et priait pour sa fille. Elle allumait des cierges à l'église.

Après un premier CDD, elle en décrocha un second, et effectua des remplacements de personnes en congé maladie. Pendant trois mois successifs d'embauche, Ketty se débrouillait tant bien que mal pour arriver au travail à l'heure. Son manque de ponctualité valut à son contrat de ne pas être renouvelé. Matthieu avait refusé de se mêler de ses problèmes de transport. S'en préoccuper aurait été la contrôler. Forte de quelques économies Ketty ajouta cette nouvelle expérience à son CV. L'année 92 touchait à sa fin. 1993 devrait par nécessité être meilleure.

Matthieu qui depuis son retour de France, pour faire des économies, avait vécu chez ses parents, quitta le cocon familial pour s'installer dans un pavillon financé avec leur assistance. Ketty refusa d'y emménager, mais promit d'y passer régulièrement quelques nuits. Elle ferait le va-et-vient entre chez sa maman et chez Matthieu. À chacune de ses visites, elle y déposait un petit panier rempli de ses effets personnels. Elle laissait trainer culottes, soutiens gorges, et accessoires, comme pour marquer son territoire.

Matthieu immortalisait son bonheur en prenant des photos. À la crémaillère, ses proches, trois de ses collègues, cinq de ses amis, et certaines de ses connaissances accompagnées de la mère, du frère de Ketty et de sa petite amie, lui firent l'honneur de leur présence. Le temps était à la fête. Les parents ravis passèrent pour trinquer, puis laissèrent les jeunes à leurs distractions. Tout le monde mangeait, picolait, dansait, et bonimentait. Un peu saoule, joyeuse et détendue, Ketty riait aux éclats.

Vers deux heures du matin, la fête terminée, ensemble, ils mirent de l'ordre à la cuisine et au salon avant d'aller au lit. Matthieu désirait faire l'amour. Fatiguée, Ketty se laissa investir. Elle aimait faire les frais de son emballement. Sa frénésie la revigorait. Elle s'endormirait béate sous les couvertures. La normalité reprendrait ses droits. La patience payait. Elle semblait avoir oublié Christian. Du moins, petit à petit, il s'effaçait de son esprit. Son emprise s'estompait. Matthieu avait gagné. En fait, Ketty faisait le choix du silence, le seul gage de la réussite du couple qu'elle formait avec Matthieu.

Enjouée et d'habitude douce avec le père de Matthieu, Ketty discutait volontiers de la pluie et du beau temps avec lui. Prétextant qu'il ne la voyait pas assez à son goût et qu'elle lui manquait un peu, un matin, le père de Matthieu appela la maison de mère Désirée pour prendre de ses nouvelles. Contacter Ketty ne faisait pas partie de ses habitudes. Étonnée, puis agacée, elle téléphona à Matthieu dans l'heure pour s'en plaindre.

— Qu'est-ce qui arrive à ton père ? Pourquoi m'appelle-t-il ainsi ? S'il te plaît, dis-lui de ne plus m'appeler.

Choqué par le ton qu'elle prenait, confus, Matthieu lui répondit :

— J'avais bien prévenu papa de te laisser tranquille. Mais bon, tu le connais ? Il n'en fait qu'à sa tête. Il voulait te donner deux mille francs pour t'aider dans tes démarches, mais vu ton sale caractère, c'est très bien que tu ne lui en aies pas donné l'occasion.

Personne ne comprenait plus rien à ses sautes d'humeur ! C'était tant pis pour elle !

***

De retour d'un second voyage raté en amoureux, cette fois à Sainte-Lucie, Matthieu avait trop insisté, donc elle avait capitulé. Pour avoir enfin la paix, elle emménagea dans son pavillon avec lui. Après quatre jours de vie commune, ravie, la mère de Matthieu appela. Ketty décrocha. Elle cherchait à s'enquérir de ce que Ketty faisait de ses journées, si sa recherche d'emploi portait des fruits, sinon l'offre de travail à la bijouterie restait encore valable. « Mon Dieu, qu'est-ce qu'ils ont tous après moi comme ça ? Woy, mwen ni asé. » [J'en ai marre]. Pensa-t'elle, sans oser le dire à voix haute. Elle se sentait épiée, et sous-estimée, après l'appel.

Elle n'avait encore obtenu ni entretien ni emploi, occupée qu'elle était à s'acclimater à son nouvel environnement, gluée au téléviseur à meubler son imaginaire de frivolités. Personne ne savait plus combien de lettres elle expédiait. Le silence la protégeait. Toutes les réponses avaient été négatives et elle avait temporairement abandonné toutes ses recherches, en désespoir de cause. Elle passait ses journées à attendre le retour de Matthieu qu'elle préparait à un marathon sexuel. L'hypersexualité était devenue un des symptômes de son mal.

Elle s'était convaincue que les parents de Matthieu n'accepteraient jamais que leur fils épouse une bonne à rien comme elle, une fille qui ne travaillait pas, une sangsue qui n'avait rien à offrir. Elle redoutait également que Désirée aie honte d'elle si elle n'arrimait pas un aussi bon parti que Matthieu. Ketty avait honte de Ketty. « Elle travaille, han ? Qu'est-ce qu'elle fait ? Qu'est-ce qu'elle a fait comme études ? Qu'est-ce qu'elle a comme diplôme ? » Les gens parlaient beaucoup et s'intéressaient trop aux affaires des autres, pensait-elle.

Depuis plusieurs semaines, Ketty ressentait une lassitude inexplicable et souffrait de maux de tête. Ne sachant que faire de son corps dans la grande maison vide, elle se levait, se recouchait, tournait et dévirait en rond sur elle-même. Maintenant qu'ils partageaient le même toit, Matthieu et Ketty se disputaient davantage. N'importe quelle vétille déclenchait un tremblement de terre. Pour un rien, pour un oui ou un non inopportun, elle se vexait, s'emportait, devant les amis de Matthieu, comme devant ses parents, elle se montrait insolente. Elle faisait jaser. On s'interrogeait.

Quelque chose n'allait pas chez elle. Elle ne connaissait plus de borne.

Épuisé, Matthieu, rentrant du boulot un soir, la trouva endormie. Il s'assit au pied du lit pour la contempler un court instant. Il secouait la tête pour marquer son incompréhension. Elle avait aboyé sur à sa mère et rétorqué : « Ce n'est pas de ma faute si je ne trouve pas de travail. Si Matthieu ne m'avait pas obligé de rentrer, je n'en serais pas là aujourd'hui. Je ne lui avais rien demandé. Surtout pas de me faire rentrer. » Elle s'absolvait de toute responsabilité n'assumant pas les choix consentis. Elle rendait Matthieu responsable de tous ses manquements. Cette attitude scella son sort, et devint une source de dispute virulente entre les deux femmes.

— Ki sa ? [Quoi ?] Ma fi oh ! Tu te prends pour qui ?

À son réveil, dans la soirée, Matthieu à son tour confronta Ketty :

— Qu'est-ce que tu as été dire à ma mère ?

— La vérité !

— Je n'ai jamais insisté pour que tu rentres, Ketty.

— Oui, tu l'as même exigé.

Le ton avait monté. Ketty frôlait la crise de nerfs.

— Je t'avais simplement demandé de le faire.

— Tu ne m'as rien demandé du tout, espèce d'imbécile. Et voilà, maintenant c'est moi qui passe pour une conne, et qui se retrouve sans travail.

— Si tu voulais sérieusement trouver du travail Ketty, tu aurais déjà pu en trouver.

— Ta maman n'arrête pas de me chercher. J'en ai marre de vous tous.

— Maman ne t'a rien dit de mal. Arrête ton cinéma. Si tu ne voulais pas rentrer, Ketty, tu n'aurais pas dû rentrer.

— Tu m'as fait rentrer parce que j'avais trouvé quelqu'un. T'étais jaloux.

— On était censé se marier.

— Oui, et alors, ce n'était pas une raison. Tu as gâché ma vie. J'aimais Christian.

— Tu m'as dit toi-même qu'il ne t'aimait pas. Alors, arrête !

— Oui, il m'aimait. J'ai menti !

— Alors pour la énième fois, pars donc le retrouver.

— Tu sais que je ne le peux plus. Ketty ramassa ses affaires avant de s'élancer vers la porte. T'es méchant. Je te déteste, je te déteste. [Elle criait, pleurait, et riait en même temps.] En plus, tu sens mauvais. Tu ne sais même pas koker.

La coupe venait de déborder. Matthieu n'en pouvait plus, il ne comprenait pas pourquoi elle cherchait à le blesser par ces paroles émasculantes. Outré, il asséna à Ketty un coup de poing hargneux à l'épaule. Elle éclata de plus belle en sanglots, cette fois sans les cris et sans les rires. Pris de panique, Matthieu regrettait déjà son geste. Il reprit vite ses esprits. Il n'avait jamais levé la main sur elle. Les yeux remplis de larmes, il cherchait à l'attirer vers lui pour la prendre dans ses bras.

— Laisse-moi. Ne me touche pas. Tu m'as frappé. Je vais porter plainte.

— Ketty, toi aussi, si je devais te faire mal…

— Oui, tu m'as fait mal.

Elle se saisit soudain d'un fruitier en verre posé sur la table de la salle à manger, le balança de toutes ses forces contre le mur, et s'égosillait de plus belle alors qu'il explosait en mille morceaux.

– Arrête, Ketty. Arrête. T'es en train de perdre la tête.

— Lâche-moi, j'te dis.

Les voisins attroupés dehors dans l'expectative avaient tout entendu. La fenêtre était ouverte. Ketty courut vers la porte d'entrée, sortit en trombe dans la rue, ramassa une roche, brisa un des rétroviseurs de la voiture, et raya la peinture du capot. Horrifié, personne n'essayait de l'en empêcher. Puis, comme une folle, elle dévala la petite rue qui débouchait sur la grande route, continuait de courir jusqu'au moment où elle força un automobiliste à s'arrêter lui aussi.

Le sexagénaire la matait de la tête aux pieds, incrédule devant son aubaine. Une femme pulpeuse, complètement débraillée s'offrait à lui. Lubrique, il jaugeait déjà le cadeau inouï qui lui tombait du ciel. Il lui proposera une petite incartade à son domicile.

— S'il vous plaît monsieur, déposez-moi à Sans Souci. Défaite, sans dessous dessus, assise dans la voiture, Ketty éclata en larmes.

— Qu'est-ce qui vous arrive, Mademoiselle ?

— Je me suis disputée avec mon fiancé. Monsieur, s'il vous plaît, partons vite avant qu'il ne nous rattrape.

L'automobiliste se ravisa puis l'amena à bon port.

Dans l'heure, les parents de Matthieu étaient au courant des frasques de Ketty. La mère appela Désirée pour lui faire part du comportement outrageux de sa fille. À la fois inquiète et affolée, elle insistait :

— Il faut l'emmener voir un psychiatre.

Désirée qui s'était laissé aller à penser que la maladie de son défunt mari avait épargné ses enfants, quand sa fille arriva chez elle, ne daigna même pas lui jeter un regard, de peur d'être fustigée ; plus fâchée contre le sort que contre son propre enfant. Ketty avait changé pour le pire. Était-elle devenue folle ? Elle l'inquiétait sérieusement. Ses joues étaient creuses, son regard hagard, la dépression frappait fort. Elle commença doucement.

— Pourquoi as-tu fait ça ? Qu'est-ce qui s'est passé ? Dis-moi Zanou. Ou konnet pri an loto, ti manmay ? [Tu connais le prix d'une voiture, ma fille ?] J'ai déjà assez souffert comme ça avec ton papa. Frustrée par son silence, Désirée frappa du poing sur la table :

— Il faut arrêter ça. Je ne te reconnais plus, ma fille.

— Tu m'énerves maman. Ne t'y mets pas, toi aussi.

Ketty partit se coucher pleurant les larmes de son corps. À son réveil, sa mère lui apprit que la maman de Matthieu avait beaucoup prié pour son rétablissement.

— Elle a de l'affection pour toi et regrette de s'être emportée. Ketty, il faudra lui demander pardon.

Le téléphone sonna. C'était Matthieu, il réclamait Ketty qui refusa de prendre le combiné des mains de sa mère. Le soir même, Matthieu vint rendre visite à Désirée. Quand il sonna, Ketty se précipita vers la porte pour l'ouvrir.

— Qu'est-ce que tu veux ? Ne viens plus chez moi ! Imbécile !

— Ce n'est pas toi que je viens voir ce soir, c'est ta maman. Et d'ailleurs, ici, ce n'est pas chez toi, c'est chez ta maman !

— Je m'en fous ! Casse-toi ! Fous-moi la paix.

— Assez. Vraiment, ça suffit comme ça, Ketty ! Cria Désirée à bout de nerfs.

Elle ne supportait plus le langage grossier qu'utilisait sa fille. Matthieu se montra ferme.

— La décision que tu n'arrives pas à prendre, moi, je vais la prendre pour toi. Je préfère souffrir un bon coup que toute ma vie.

Puis, il lui tourna le dos et partit s'asseoir au calme dans le salon avec Désirée. Ketty, restée debout dans le vestibule, rageuse et hébétée, lança subitement en tendant la main :

— Tiens, reprends ta vieille bague.

— Tu peux la garder. Je suis passé à autre chose.

Cette fois, à bout, Matthieu décida de vraiment l'ignorer. Le cœur brisé, il prit son courage à deux mains et fit le deuil de la relation. Il aimait Ketty, mais expliqua à Désirée qu'il avait tout essayé et n'en pouvait vraiment plus. C'est sous les railleries de Ketty qu'il quitta la maison les yeux mouillés :

— Ouais, c'est ça. Fous l'camp. Épi pa viré. [Et ne reviens pas]. Tu n'es pas un homme.

— Assez, là. Tu as perdu la tête. Ça suffit comme ça, Ketty. Tu devrais avoir honte, répétait une Désirée indignée.

Ketty se précipita dans sa chambre, s'empara de ciseaux de couture et se coupa grossièrement ses cheveux une mèche après l'autre qu'elle lâcha sur le sol. Voulait-elle éliminer une des seules traces qu'elle portait de l'attention de Matthieu ? C'est lui qui avait réglé la coiffeuse pour la coupe qu'il aimait tant. Elle se sentait laide et déconfite.

Le lendemain matin ne sachant où donner de la tête, Désirée accompagna sa fille chez le coiffeur, une casquette vissée sur la tête. Il fallait redonner à leurs vies un semblant de normalité, et faire taire le bruit qui menaçait d'enterrer sa famille dans l'opprobre. Cette histoire faisait déjà grand bruit. Toute la famille était au courant. Même en France les cousins savaient. On ne parlait plus que de Ketty et du scandale qu'elle avait occasionné. Son père, disait-on, se serait retourné dans sa tombe. Désirée avait pleuré avec ses sœurs au téléphone. Elle avait tout essayé pour protéger ses enfants de la malédiction du père. Elle appelait toujours sa grande sœur quand son fardeau devenait trop lourd. À qui d'autre aurait-elle pu se confier ?

— Tu sais combien j'ai souffert avec Loulou.

— Qu'est-ce qui arrive à Zanou, Désirée ?

— Ketty a jeté à la poubelle tous les bijoux que lui avait offerts Matthieu. Toutes les bagues en or, y compris la fameuse bague de fiançailles en diamant, des boucles d'oreilles, des chaînes en or et en argent. Tout. Et Dieu seul sait qu'il y en avait ! Le sac faisait un petit poids quand même. Il devait bien y en avoir pour plus de soixante mille francs ! Allez, tout ça à la poubelle. Elle ne travaille même pas. La sotte. La grande poubelle, celle qui se trouve sur la route. Imagine-toi que la voirie allait tout ramasser. Bien sûr, je suis passée derrière elle, sans me faire voir.

— Tu penses que si elle s'aimait vraiment elle aurait fait ces choix-là ? Il faut aller voir un gadèdzafè, Désirée, je t'en prie. Qu'as-tu à perdre à ce stade ?

***

Maintenant, tout le monde, les voisins, la famille, les amis, savaient ce qui s'était passé, sa relation avec Christian à Barcelone et sa dispute avec Matthieu à Fort-de-France avaient fait grand bruit. Matthieu avait finalement pris la résolution de la quitter. Ketty acceptait de mauvais gré de voir un médecin. Désirée prit donc rendez-vous chez l'ancien psychiatre de son père à qui elle expliqua la situation.

Dès la première séance, docteur Capitaine, un homme souriant derrière ses grosses lunettes en écaille de tortue, réussit à faire rire Ketty. Après une conversation de quelques minutes, il détermina qu'elle n'aurait besoin que de trois séances. « Seulement trois ? », s'inquiétait Désirée. L'avait-il déjà cernée ? Tout juste là, comme ça, en si peu de temps ? Les consultations coûtaient cher et n'étaient pas remboursées par la Sécurité sociale. Désirée assumerait tous les frais. Le psychiatre ne prescrit que du Librium.

— Il lui faut beaucoup de repos, à la fois pour se calmer, et petit à petit pour oublier ce chagrin d'amour, jour après jour, semaine après semaine, mois après mois. Il faut donner le temps au temps, dit-il.

Pour mettre toutes les chances de leur côté Désirée trainât Ketty chez un gadèdzafè réputé. Prenant soin de n'être vues d'aucune de leurs connaissances, les deux femmes se dissimulèrent dans la petite heure du matin pour arriver et cogner discrètement à la porte de la case branlante en plein bourg.

— Ki moun ki la ? [Qui est là ?]

Un vieillard hirsute, vêtu sommairement, émergea de la pénombre. Il fit entrer les dames, les aidant d'une poigne vaillante à monter la haute marche. Il les installa sur des tabourets dans la pièce étouffante où il menait ses consultations. Des feuilles séchées de tailles variées pendaient au plafond au-dessus de bocaux où macéraient toutes espèces de concoctions.

— Sé ich la ou palé mwen la ? [C'est l'enfant dont tu m'as parlé].

Le vieil homme entama une conversation en créole à l'issue de laquelle il porta ses mains rêches sur la peau fine des tempes de Ketty et déclara « Ich-la maré. I maré rèd menm. »

— Quoi ? Je suis marrée ?

— On va te démarrer. Ich mwen. N'aie pas peur.

Il partit et revint avec une fiole à moitié remplie et expliqua qu'elle devait boire chaque jour, matin et soir, jusqu'à ce qu'il n'en reste plus une seule goutte, une cuillerée à soupe de ce philtre puissant contre le lenbé consistant de noix écrasées dans du thé-pays mélangés à des herbes magiques. Puis il lui faudra prendre un bain-démarré pour secouer la déveine. L'embouchure de la rivière demeurait le meilleur endroit. Il ne fallait pas écouter les bêtises des gens qui disaient que la mer ferait l'affaire. Dans l'eau, il faudra se frotter avec une queue de morue salée. Puis le soir même pour finir le traitement, faire bouillir ce feuillage dans quatre litres d'eau et verser le liquide vert et chaud, avec toutes les feuilles, dans la baignoire pour conclure par un bain de feuillage. La petite avait récemment fait des études, donc méprisait certainement les remèdes traditionnels. Il remit à Désirée, plutôt qu'à Ketty, le sachet débordant de feuilles vertes.

— Pa oublié fé'y bouyi. [N'oubliez pas de les faire bouillir].

— Je vous dois combien, Monsieur ?

— Désan fran madanm. [Deux cents francs madame]. (Se tournant vers Ketty.) Il faut laisser le zizi tranquille ma fi. Bagay initil. Ayen ki pwoblem. [Ça n'amène que des ennuis].

***

Matthieu ne l'appelait plus et ne venait plus la voir non plus. Leur relation n'avait été qu'un mauvais rêve. Les gens posaient des questions. Certains enjolivaient l'histoire. D'autres cherchaient à en connaître les détails macabres. « J'aimais bien vous voir ensemble. » « Zot toujou té ka ri » [vous riiez tout le temps] lui avait dit une copine. Une autre : « Un de perdu, dix de retrouvés, ma chère. Ce n'est pas grave. Tu as toute la vie devant toi. T'es jeune. Sé dèyè nonm ki ni nonm. » [Il y a beaucoup d'autres hommes sur Terre] Une autre encore : « Ta vie professionnelle d'abord, ma chérie ! » Chacune y mettait son grain de sel.

Les deux familles étaient sous le choc, la vérité avait éclaté au grand jour dans la petite commune de Sainte-Marie. Désirée connaissait finalement le fin fond de l'histoire et savait maintenant qui était Christian. Elle avait vu juste et désormais prenait le parti de Matthieu. Sa fille était une chipie.

Il y a des lunes, lorsqu'elle était toute petite, à dix ans, Ketty avait fait preuve d'esprit et de sagesse lorsque devant une maman abattue par l'intempérance d'un mari colérique, elle lui avait dit que toutes les fois où son père se lançait dans un laïus insoutenable qui déboucherait, on le savait, sur un gros caca nerveux, tellement il ne se sentait pas écouté, il fallait très vite l'arrêter, et lui demander de lui faire une faveur.

« Raconte-moi la fin d'abord. » À quoi, il répondrait, stupéfait, « Quoi ? »

Désirée répéta comme l'avait suggéré Ketty :

« Dis-moi la fin d'abord. »

« Hmm, mais si je fais ça, tu ne m'écouteras plus. »

« Dis-moi la fin d'abord. »

Et il s'exécuta. Ouf. Le pire était passé. Elle évita une longue histoire sans intérêt, puis ajouta :

« Maintenant, tu es censé me demander si je veux bien écouter l'histoire entière. »

« Bien. Voudrais-tu entendre l'histoire entière ? »

« Eh, ben, Non. »

Surprise. Au lieu de la colère attendue, le couple pouffa de rire. L'astuce avait marché. En grandissant, comment une petite fille si maligne avait-elle pu perdre ainsi la raison ? Elle n'utilisait plus sa tête.

Cette union forgée dans la honte, celle de Matthieu et de Ketty, ne devait pas survivre. Même sa tante le lui avait dit :

— Zanou, c'est parce que tu as connu quelqu'un d'autre. Quand il n'y a plus de flamme, il n'y a plus de flamme. Tu n'aurais jamais dû retourner avec Matthieu faire ce gros manger cochon.

Deux mois après la rupture, Ketty ressentit un vide insupportable. Elle se sentait seule, un vrai supplice pour une femme habituée à être chouchoutée. Plus personne ne la sollicitait. Au bout du rouleau, elle prit son courage à deux mains et osa appeler Matthieu qui ne comprit pas son appel.

— Allô, c'est moi.

— C'est qui moi ?

— Ketty.

— Oui. Et alors ? Qu'est-ce que tu veux ? Il resta ferme.

— Rien. Je voulais juste prendre de tes nouvelles.

— Je me porte comme un charme. Pourquoi ?

— Moi, ça ne va pas.

— Ah bon ? Hé ! Ben, c'est la vie ! Je ne peux rien faire pour toi. Matthieu lui en voulait encore.

— Pourquoi ne viens-tu plus me voir ?

— Hé ! Ketty, arrête. Ça suffit. Tu ne te rends donc pas compte de ce que tu m'as fait ?

— Je te demande pardon.

— Tchip. Padon paka djéri bos. [Pardon ne guérit pas les bosses]

— S'il te plaît Matthieu, même si l'on est plus ensemble, viens me voir quand même.

— Hé, Ketty, ça suffit. Arrête de te foutre de ma gueule. Ou dwet malad, ti fi. [Tu dois être malade ma petite].

— Allez, fais un effort.

— Non Ketty, je ne viendrai pas te voir. Hé bon, je te laisse. J'ai du boulot. Adieu.

Ketty retourna pleurer sa tristesse dans sa chambre. Assise sur un coin du lit, le dos contre le mur, elle posa la tête sur ses genoux relevés contre ses épaules qu'elle agrippait de ses deux mains. Elle avait mal à vous fendre le cœur. Elle se mit à pleurer de plus belle réalisant que désormais son histoire avec Matthieu était bel et bien terminée. Matthieu appela Désirée qui en soirée confronta sa fille :

— Tu le déranges à son travail. Laisse-le tranquille. Matthieu a fini avec toi. Tu as fait assez de mal comme ça !

Vidée, Ketty noyait maintenant son chagrin dans la nourriture, elle mangeait sans faim pour noyer son chagrin. Elle négligeait sa ligne, et ne cherchait même plus à se faire belle, d'ailleurs qui lui paierait les soins maintenant ? Elle prenait des rondeurs et s'en moquait. Le regard vitreux, la démarche robotique, elle faisait peur aux enfants du quartier, et à tous ceux qui approchaient trop. L'envie de prendre les ciseaux de couture pour se mutiler les cheveux lui prit une fois encore. Mais cette fois, elle réussit à se raisonner et les déposa.

***

Avec le temps, grâce au traitement du psychiatre et à celui du gadèdzafè, aux prières de sa mère, à l'aide de son frère, de sa marraine, et de ses amis, son esprit s'apaisait enfin. C'est en cette période qu'elle reçut une offre d'emploi. Elle assurerait des cours d'anglais à plusieurs RMIstes. La bête reprenait son poil, ses cheveux repoussaient, elle recommença le sport, et se reprit en main, doucement.

L'espoir flottait dans l'air. La vie lui souriait. Elle signait un second contrat d'emploi avec un autre organisme de formation. Cette fois, elle assurerait des cours d'anglais, d'espagnol, et de culture générale à des jeunes étudiants qui préparaient des concours.

Elle donnerait aussi des cours de rattrapage aux enfants en difficulté scolaire d'une nouvelle voisine fort sympathique. Déplorant son célibat, la trouvant jolie, celle-ci s'engagea à lui présenter son beau-frère, Émile, un mécanicien entreprenant et sûr de lui, qui, elle en était sûr, lui plairait.

Un mois plus tard, alors qu'elle s'apprêtait à prendre congé des enfants après leur cours, Ketty fit la connaissance d'Émile venu à sa rencontre pour faire plaisir à sa belle-sœur. Il l'attendait dehors, à l'entrée de la petite maison, ayant fait le déplacement pour l'occasion, aguiché par les charmes que sa belle-sœur lui avait vantés. Il ne pouvait se permettre de rater l'occasion de feinter la solitude. Un peu troublée devant un homme avenant, et en final de compte assez bien de sa personne, Ketty lui esquissa un sourire. La bonhomie d'Émile dégela les réticences de Ketty. Il ne lui rappelait ni

Matthieu ni Christian. Qu'avait-elle à perdre, sinon cet isolement qui l'accablait ?

Il avait trente et un ans, et elle, bientôt vingt-six ans, une bonne place chez un concessionnaire, et s'occupait le reste du temps de sa mère diabétique, handicapée depuis une amputation sous le genou droit. Il serait un compagnon idéal pour faire un bout de route ensemble, sortir et aller danser. À quoi bon chercher l'amour quand on souffre de solitude ? Il fallait parer au plus urgent. Elle méritait cette délivrance après tant de déboires !

Elle avait fini par faire une croix sur non seulement Christian, mais sur Matthieu aussi, et se portait mieux. Elle en était même arrivée à se demander si elle les avait vraiment aimés ? Elle travaillait régulièrement, à plein temps à présent, et obtint son permis de conduire cette année-là. En attendant de se payer un véhicule, elle continuerait de prendre le bus peinardement.

En 1995, un an plus tard, Ketty tomba enceinte. Émile paniqua. La grossesse s'avéra difficile et délicate. Une sage-femme la suivait à domicile. Malgré le fibrome annoncé et déjà gros à l'échographie, après trois hospitalisations, elle accoucha d'un beau garçon qu'il fallut réanimer. Le gynéco avait tenté le tout pour le tout et mis en place un traitement corsé et contraignant. N'ayant pas encore de logement à elle, Ketty et son bébé dormaient de temps à autre chez la mère d'Émile pour lui faire profiter du petit-fils qu'elle avait souhaité encore plus que son propre garçon, et pour lui tenir compagnie.

Ketty le sentait bien, ce fils providentiel qu'elle nomma Aimé était fragile, et allait souvent tomber malade. Bronchiolite, otite, crise d'asthme, le vrai combat venait tout juste de commencer. Un combat pour leur survie et leur avenir, ô combien plus poignant que ces aventures ratées avec des hommes qui compliquent tout.

LE FERMENT

— Je m'attendais à plus venant de vous tous. Vos phrases sont mal construites. Elles comportent trop de fautes d'orthographe. Pas une seule personne dans cette classe a obtenu une bonne note aujourd'hui. Nous avons du pain sur la planche.

—Monsieur, nous avons bûché sur ce papier. Vous nous détestez à ce point ?

— Faudra vous appliquer. Je veux voir des améliorations la prochaine fois.

— Moi, je ne mérite pas cette note-là, professeur. Elle va faire baisser ma moyenne et je vais perdre ma bourse.

— Travailler davantage, jeune-homme. Vous ne lisez pas assez. C'est ça le problème, je me trompe ? L'écrivain Mongo Beti disait, « La lecture est le plus grand ferment de l'intelligence. » Cogitez là-dessus.

Enfant, je croyais que l'éducation serait l'instrument de ma libération, et que la lecture était la clef de l'instruction. Après tout, mes lectures m'ont appris bien plus encore que mes cours. Mes proches m'offraient des livres de toutes sortes pour mon anniversaire. Ils m'ouvraient le monde et me faisaient rêver quand je daignais les consulter. Parce que je lisais, j'avais toujours des choses intéressantes à raconter. Je comprenais mieux ce dont les grandes personnes parlaient entre elles. Encore une fois, je lisais. Certains ouvrages étaient opaques, trop denses pour moi, comme autant de forteresses que je savais devoir un jour prendre. Le fossé s'élargissait entre ceux qui lisaient et ceux qui ne savaient pas le faire. Ils ne parlaient pas le même langage, excepté lorsque par nécessité, ils devaient faire l'effort de se parler. Ceux qui lisaient paraissaient tellement plus agiles. Je voulais être comme eux.

J'étais un otage. Enfant, je croyais qu'être libre, affranchi de la pauvreté, de l'ignorance et de la peur, était tout ce qui importait. C'est ce qu'on m'avait enseigné. Il y avait tant de misère autour de nous. J'ai cherché à apprendre à lire aussi vite que possible dans l'école publique du quartier que je fréquentais, mais pas comme mes cousins qui bien que plus jeunes que moi, lisaient déjà parce qu'ils fréquentaient l'école de notre grand-mère. Ma mère en froid avec la sienne m'interdisait d'y suivre des cours. Pourtant, celle-ci obtenait des résultats probants. Les parents qui en avaient les moyens rivalisaient de gentillesse pour obtenir à leur enfant une place dans son école. Ma grand-mère a appris à lire à presque tous les notables de la ville. Je le sais, car ils lui ont rendu un vibrant hommage à ses obsèques.

Tant que je pouvais explorer, j'éprouvais un vif plaisir à lire. Très rapidement, j'ai commencé à m'ennuyer car on cherchait à m'imposer des ouvrages. Pourquoi ne pouvais-je pas faire comme les gens libres et choisir ? J'ai commencé à détester les livres. Ils devenaient autant de symboles de mon oppression. Je ne me retrouvais pas dans ces lectures forcées. Le monde contraignant qu'on m'imposait ne faisait aucune place à mon imagination, les problématiques abordées ne m'interpellaient pas. J'étais frustré et ne me retrouvais plus dans rien.

Je ne sais pas pourquoi, un jour ça a fait tilt. J'ai souri, j'ai ri, j'ai trépidé d'indignation, j'ai eu peur, et de mes larmes de joie, j'ai taché les pages qui me bouleversaient tant. La lecture transforme quand le bon livre est lu par la bonne personne, au bon moment. Les personnages sortaient du papier et me rendaient visite. Ils me hantaient parfois, me prenaient par la main, et me faisaient sentir leur souffle. Je les cherche encore de temps en temps. Ils me parlent encore, et chaque fois, me renvoient à moi-même. Ils me révèlent. Voilà leur force! La lecture est un miroir grandissant.

Je ne saurai jamais si lire m'a libéré de la peur, de l'ignorance, et de la pauvreté. De façon certaine, je sais que ça m'a sauvé de l'ennui, de la suffisance, et de la rudesse. Ça m'a ouvert des mondes auxquels, autrement, je n'aurais jamais eu accès, et m'a permis de vibrer avec une palette d'émotions, un vocable plus riche, et un regard plus perspicace.

Ah, avant que j'oublie, le reste de la conversation avec un de mes chers élèves :

— Nous sommes des cons, c'est ça ? Vous nous insultez, si je comprends bien. Mes potes et moi, on va venir vous casser la gueule. Vous allez voir.

De retour au bureau, quinze minutes plus tard, assis dans mon fauteuil, je me prépare à corriger des copies quand trois gaillards, la mine patibulaire, le buste dilaté et les épaules carrées, envahissent mon espace. Mes carottes sont cuites. Si je ne dis rien et lève les mains en l'air, peut-être m'en sortirais-je indemne. Je m'avoue vaincu et fixe du regard mes assaillants l'un après l'autre. L'élève de tantôt baisse les yeux, jette tour à tour un œil à ses amis, puis à voix basse, l'air contrit, il leur dit : « Ça ira, les gars. »

Les armoires à glace s'en vont. Pff, je respire enfin. Nonchalamment, je tire une chaise et l'invite à s'asseoir. Il enchaîne :

— Monsieur, vous nous avez humiliés en classe, vous savez.

— Ce n'était nullement mon intention. Vous m'en voyez désolé, jeune homme.

— Mais vous aviez raison. Je n'aime pas lire. C'est fastidieux pour moi. À Harlem, dans mon ancien établissement, les profs nous laissaient passer si on se pointait en classe.

— Je ne peux pas faire ça. C'est important que vous appreniez quelque chose dans ma classe.

— Je sais. Vous avez montré que vous ne nous ferez aucun cadeau. Nous avons très peur. Je ne veux pas échouer, Monsieur. Aucun d'entre nous ne veut échouer.

Je tire un livre de mon tiroir.

— Tenez, c'est pour vous.

— C'est quoi ?

— « Makes Me Wanna Holler » de Nathan McCall. Lisez-le et venez me voir dans deux semaines pour qu'on en discute.

Deux semaines plus tard.

— Comment saviez-vous que j'allais aimer cette histoire ? Il est comme moi ce type-là. C'est comme s'il me parlait. On a connu les mêmes galères. Il comprend ma réalité. J'ai accroché tout de suite. Je me suis complètement retrouvé dedans. Vous en avez d'autres comme ça ?

Du même auteur :

Christophe, Michel. Teaching for Transformation: Teaching from the Heart. ProficiencyPlus, 2016.

—. The Unraveling. A Leadership Tale. ProficiencyPlus, 2016.

—. Le Conservatisme Noir Américain. ProficiencyPlus, 2016.

—. Deux Semaines en Janvier. ProficiencyPlus, 2016.

—. J'aurais été un Dieu. ProficiencyPlus, 2017.

—. Broken Happy. ProficiencyPlus, 2017.

—. The Harder the Pain. ProficiencyPlus, 2017.

—. Au Royaume de mon Père. ProficiencyPlus, 2018.

—. *Brisé Décalé*. ProficiencyPlus, 2019.

—. *Miette d'Empire ou la Tentative du Déni*. ProficiencyPlus, 2021.

https://michelnchristophe.com/